老媽的日記

劉洪貞 著

媽媽每天用她的方式寫日記，裏面有國字、有日文，還有她自創的塗鴉。每次回娘家，我們母女就一起看日記……

國家圖書館出版品預行編目（CIP）資料

老媽的日記 / 劉洪貞著. -- 初版. -- 新北市：生智, 2018.12
面； 公分

ISBN 978-986-5960-15-5（平裝）

855 107020628

老媽的日記

作　　者／劉洪貞
出 版 者／生智文化事業有限公司
發 行 人／葉忠賢
總 編 輯／閻富萍
地　　址／新北市深坑區北深路三段 258 號 8 樓
電　　話／(02)26647780
傳　　真／(02)26647633
E - mail ／service@ycrc.com.tw
網　　址／www.ycrc.com.tw
ISBN ／978-986-5960-15-5
初版一刷／2018 年 12 月
定　　價／新台幣 250 元

總 經 銷／揚智文化事業股份有限公司
地　　址／新北市深坑區北深路三段 260 號 8 樓
電　　話／(02)26647780
傳　　真／(02)26647633

謹以此書
獻給我最敬愛的高堂老母
黃月雲女士
並祝福她
平安 健康 快樂

推薦序

永恆的牽掛與昇華

監察院院長辦公室主任　劉省作

家姊洪貞女士要出第十本書了。這回，純是六十餘篇的短篇散文，分三輯，書名是「老媽的日記」。

一個月前，家姊寄來傅含章教授的新書《美濃現代作家的家鄉書寫研究》：書中收錄美濃自鍾理和先生以降，鍾鐵民、鍾鐵鈞賢昆仲，吳錦發，劉洪貞，李慧宜及劉崇鳳等幾位先進的文集歸納與賞析。捧讀再三，既感動於年輕學者的用功之勤，也對於其夫婿校稿用心的投入，敬表佩服；而書中所引述者，俱為每一位作家出版品之內涵，在考據、分析、綜合、研判方面，在在顯示了作者的專業、謙遜與不武斷。這是十分難得的。

因著傅教授的書，讓我有機會欣賞這些文學先進，是以怎樣的眼光暨心情，看待美濃這塊土地上的風土人情；斯土斯民，又以何等的風貌躍上字裡行間。在文字的排列組合中，終於慢慢體會在作家前輩們的情感深處涵孕的，正是：故鄉美濃──永恆的牽掛與昇華的根本。一方水土，養一方人，兒時的記憶，濃郁的人情，與看似鬆弛實則嚴謹的夥房文化，無一不深入美濃人的基因；從出生、成長、浪跡、回歸，午夜夢迴，一種至死不渝的美濃情懷！

家姊的這本集子，一貫的懷鄉、思親、感恩、立志，不摻水分，誠意十足，意志堅定；也因為這些因素，她才可以走過坎坷，逐步步上坦途。面對缺乏，認命守分，一心向學，力求自足；身處繁華，泰然自若，淡然處之，沒有虛華，只有戒慎恐懼，清廉自持，用同理心自助助人。這樣的情境，與晚清名臣李鴻章先生的話：「享清福，不在為官，囊有錢，倉有粟，腹有詩書，自是山中宰相；祈大年，不必服藥，身無病，心無憂，門無債主，即為地上神仙。」十分契合。也就是日子過得像白開水一般，杯中自湧千古香──客家真精神的美濃味！

感謝諸多讀者的捧場，也謝謝鄉親們的鼓勵。家姊的淺顯文集，一路走來慶幸有大家的支持暨包容，讓後學見證簡單就是不簡單的哲理。在此，謹祝福大家平安、健康、快樂。

自序

不忘初心

劉洪貞

記得多年前，當第一篇作品在毫無心理準備下，就被登在報紙上時，我告訴自己，從今以後要不斷地學習成長，要努力多寫幾篇文章，來分享喜愛閱讀的朋友。

就這樣，每天忙完工作，除了閱讀之外，就會把所見所聞中溫馨感人的故事，透過書寫來表達，只希望有正面能量的故事，透過報章的發表，讓更多人得以啓發。我常想，一篇作品只要能感動一個人，這對作者來說就是最好的鼓勵，對讀者來說也是一種無形的收穫，它是製造雙贏的種子，而我就是播種者，何樂而不為？

於是為了分享、為了留下更多有勵志性和建設性的文章，我把身邊的人情世故，或生活上的柴米油鹽一一化做文字投以報刊。雖然常被退稿，但我不以為意，以退為進，把退稿加以潤飾，再重新賦予生命，結果絕大多數都能敗部復活，得到發表的舞台。

或許是潛意識裏一直有個不服輸的毅力，所以多年來不管工作多忙，對寫作始終未曾放棄。我很喜歡把稿紙當作一畝田，把所想、所思化作種子，一粒粒的種入土中，讓它生根發芽。

由於愛塗鴉，許多讀者、朋友也樂意提供自己的精彩故事讓我分享，於是我有了寫不完的題材。為了不讓提供者對號入座，或有被偷窺的不自在感覺，我會以第一人稱來下筆。或許是少了一股無形的壓力，讓我可以暢所欲言，因此寫起來更加順遂流暢。沒想到這樣的做法，不僅帶給我很多方便，還讓提供者非常開心，因為他們的故事被看到了。

諸如此類的作品，我分別收入在本書中。例如：第一輯中的「小花教會我的事」、「兒子留長髮」、「獨一要比獨二好」。第二輯中的「親情是無價的」、「眨眼睛」。第三輯中的「尊嚴是咬牙換來的」、「高牆外的春天」、「一個人去巴黎」。

除了寫朋友的故事，我也喜歡寫身邊小人物的故事，因為他們發自真誠的小動作，再再地帶給我啓發，也讓我感動莫名。在「大哥做的月餅」和「高牆外的春天」中，我看到更生人重返社會後，利用各種方式來回饋社會，那是浪子回頭的可貴。

而在「台灣阿嬤」、「兩個小蛋糕」、「張叔」、「幸福在這裏」、「白髮捐血人」、「老夫妻」、「他們帶著專業趴趴走」、「予人玫瑰，手留餘香」等等篇章中，看到台灣最美麗、溫暖、有趣的風景。雖然大家為了生活工作忙碌，但有機會時都會默默地付出愛心，讓人間處處有溫情。

我一直懷著感恩的心，記下和高齡老母互動的點點滴滴。家有老母是幸福的，因為她如一本知識寶庫，我把她當一本書在讀。從她言談舉止中，我學會待人處事。不管是謙卑待人、安分守己，或努力工作的生活態度，都是我終身受用的。

這兩年她年紀大了，有時會忘了一些事，為了給她一些小刺激，讓她減緩老化的速度，有時我讓她寫寫字、動動腦。雖然她提筆寫字會有點吃力，或者有些字一時之間想不起來，但我還是又哄又騙的，「逼」她寫寫看。結果當她動作完成時，會很開心自己的成就。我一直很感激她的配合，才成就了這本書。

喜歡塗鴉好些年了，一路走來難免跌跌撞撞，但我始終不忘初心，認真努力地寫下每個篇章，終於有第十本書的問世。

很感謝生智文化事業有限公司閻總編輯富萍小姐熱心相助、用心編排。也要感謝小弟省作的撥冗寫序，讓小書多了一份光彩。更要感謝多年來一直為我打氣的朋友們，是你們的鼓勵，我才有動力繼續努力，在此特地再說聲：「謝謝！」

目錄

推薦序　永恆的牽掛與昇華　1
自　序　不忘初心　3

第一輯　兩個小蛋糕

迎新年　14
張燈結綵慶元宵　18
大哥做的月餅　22
小花教會我的事　25
不一樣的感覺　28
予人玫瑰，手留餘香　31
好習慣要從小養成　34
以平常心看待　36

我人生的兩杯咖啡　38
因旅行而結緣　42
杜鵑奇緣　44
兒子留長髮　47
兩個小蛋糕　51
掛著眼淚的麵龜　53
一句話的重量　57
獨一要比獨二好　61
一樣父母兩樣情　63
回家，真好　66
現金禮券最適宜　68

目錄

第二輯

親情是無價的

阿嬤的眠床　72
台灣阿嬤　76
把溫暖送出去　79
一個百寶庫　81
一副拐杖　83
九十六、九十七　86
三分之一瓶的香水　88
冬天的故事　92
用信表關懷　106
白飯加眼淚　111
吃原味最好　113
好吃不過蛋炒飯　116

另一種母愛 116
白髮捐血人 120
捐血 124
親情是無價的 126
老媽的日記 129
剃頭趣事 135
眨眼睛 139
通鋪歲月 140
一束馨香 143

第三輯 我覺得自己好幸福

尊嚴是咬牙換來的 146
一個人去巴黎 150
他們帶著專業趴趴走 154

目錄

台北之晨 157
靠自己努力 161
我們都是女人 163
我想擁有自己的時間 166
我覺得自己好幸福 169
兩隻老虎 171
童言童語 174
看見台灣年長的女人 177
高牆外的春天 179
他們能，我們為什麼不能？ 182
張叔 184
那雙貼心的手 188
老夫妻 190
海盜 192

幸福在這裏 1996
就為堅持 1999
歐都蔻與安娜 2001

第一輯

兩個小蛋糕

迎新年

時序進入臘月了，隨著臘月的到來，年的腳步也近了。在「爆竹一聲除舊歲，萬象更新迎新年」的諺語中，每個人都感受到新的一年即將到來，高興得臉上都洋溢著笑意。

新年在傳統習俗裏是一年中最大的節日，所以一直以來都備受重視。因此為了迎新年，家家户户都會很用心地準備，豐富的吃的、用的，以及穿的，一方面感謝過去的一年平安順利，另一方面是為新的一年討個吉利，有個嶄新、豐富、美好的開始。

一般家庭在農曆蠟月二十三送灶神前，都會來個汰舊迎新，把家中裏裏外外都清掃乾淨，一些多餘的、平時難得用到的舊物清理完，同時添進新的必要的家用品，讓家裏煥然一新。也順便把家裏平時空著的房間打理好，讓離鄉的家人回來過年時，可以感覺出屬於家的那份舒適和溫暖。

另外，要把老廚房的大灶小灶洗刷好，因為這兒比平常用的廚房寬敞，要蒸祭祖用的年糕、發糕、碗粿和蘿蔔糕，在這裏進行會更適合。雖然現在外買的糕粿很方便，也很多樣化，可以不必大費周章自己動手蒸，但一些婆婆媽媽們還是喜歡在廚房裏忙進忙出地做年菜、蒸年糕，既可享受家人一起動手做的樂趣，又可以為家人獻上好廚藝。糕粿既可祭拜祖先，又可滿足家人的口腹之慾，真是一舉兩得。

糕粿做好後，就得先買一些可以耐放的南北乾貨、糖果、堅果類和一些水果，如橘子、柳丁、蘋果、水梨……都須提前買好，免得越接近過年時，買的人會越多，要排隊會很浪費時間。

準備好乾貨，接著就要準備一些祭祖需要的牲禮，雞、鴨、魚、肉樣樣不能少，大家認為唯有這樣樣樣具備，才對得起祖先，才能表達對祖先的敬意。其實，這些年貨超市和賣場都有現成的，看家裏需要多少就買多少，夠用就好，以免買多了吃不完可惜。畢竟在社會的變遷下，現代家庭人口的結構和過去不一樣，一般家庭人口都不多，加上現代人注重清淡簡食，對於大魚大肉不像過去那麼偏愛。

年貨採買好後開始貼春聯和門前紙，門邊、窗上，甚至櫃子、米桶，都貼著代表喜洋洋的紅紙燙金字。不管是門兩邊的「天增歲月人增壽、春滿人間福滿堂」的春聯，或是窗上的「福」或「春」，抑或米桶上的「滿」字，都是大吉大利的象徵，讓家裏充滿了過年的歡樂氣氛。

一切準備就緒後，接著祭拜祖先，把事先準備好的豐富牲禮，以及代表年年高升、發財的年糕、發糕，和代表吉祥如意的橘子獻上，讓祖先開開心過好年。祭祖除了感謝祖先一年來的庇佑，讓過去的一年豐衣足食外，也希望在來年，全家同樣事事順心。

拜完祖先後，大家淨身穿新衣，入夜時開始圍爐吃團圓飯。由於這是除夕夜，平時難得見面的一家人，都從四面八方趕回來團聚，感覺更加難得。

通常長輩們會在開飯前發給晚輩們壓歲錢，晚輩從長輩手中接過壓歲錢，是親情的傳承，也是滿滿的祝福，因此每個人收到意義重大的紅包，都會感覺特別的開心。

在滿桌豐盛菜餚備齊後，就開始圍爐了，全家大小不僅圍住了豐盛的年菜，還圍住了家的溫暖及家人的向心力。晚輩們先齊杯祝福長輩，祝他們永遠健康平安。在圍爐時大家都會喝點春酒助興，暖暖身子開開心，全家邊吃邊聊，總有聊不完的開心事，也有吃不完的佳餚美酒，讓圍爐的氣氛溫馨圓滿。

當夜裏十二點整，祠堂前的爆竹聲響起，大家彼此道聲恭喜，並祝新年快樂。就這樣，大家在爆竹一聲除舊歲下，萬象更新迎新年了。新的一年從此刻拉開序幕，我也在此虔誠地祝福大家：新年萬事如意！歲歲平安！

107.2《警友之聲》

張燈結綵慶元宵

當大家還沉浸在過年的歡樂中，元宵節就悄悄地到了。元宵節又稱上元節，也稱小過年，過了元宵節，新年的所有活動就算結束了。元宵節除了吃元宵慶祝之外，還有提燈籠、賞花燈、猜燈謎以及放煙花的活動。

小時候每到元宵節，父親一定會用細細薄薄的竹篾和鐵絲，或繞或捲，做成不同形狀的燈籠。燈籠是空心的，外圍糊著透明的紙；燈底是十字架，在重疊的地方有一根向上的小鐵釘，是套小蠟燭用的；上方的燈口在對角處穿了一小段細繩子，提燈籠的小竹枝就綁在這細繩上。

每次父親拿著鉗子、鉋刀、竹片、鐵絲在忙碌時，我就跟前跟後，老問父親什麼時候才做好，父親總是耐著性子說：「就快好了！就快好了！」

元宵節那天，只要天一黑，我就迫不及待地提著父親做的燈籠，在三合院的禾埕裏，和堂兄弟們邊唱兒歌邊繞圈圈，一起走來走去，享受著慶元宵的樂趣。長大一些時，由自己做花燈，到書店買來材料後，把自己想做的燈籠圖案先描好，再裁紙，用細鐵絲綁出燈籠的形狀，形狀出現後就在外圍糊上透明的紙。為了好看，我會請很有繪畫天分的堂哥，在紙上畫下拿著圓形扇子的仕女圖，還會在插蠟燭的底下掛上紅色的流蘇。

由於我做的花燈與眾不同，是獨一無二的，即使在做的過程中因不熟練，手指常被剪刀、錐子戳得皮破血流，但還是做得很有成就感。不過離開學校後，因工作忙，我便不再做花燈。

結婚生子後，我會帶小朋友去大廟裏賞花燈，每個花燈都用小小的霓虹燈繞著，一閃一閃的。它以十二生肖的動物為主題，生動活潑的造型讓展場熱鬧非凡。

隨著高科技的來臨，花燈的造型不再只限於十二生肖，還有卡通人物、世界名勝古蹟，甚至於天上的飛機、海上的輪船、路上的汽車、小朋友玩具的造型，反正不管你想得到、想不到的，都可以做成花燈。

所有的花燈不僅設計多元，而且栩栩如生，透過雷射的聲光效果，更加的璀燦亮麗、色彩繽紛，讓人目不暇給，忍不住地鼓掌叫好。每年的花燈都以當年的生肖為主題，今年是狗年，主燈的狗會特別耀眼，而且在展場最醒目的地方，讓大家欣賞牠的風采。除了主燈狗之外，還會有很多不同種類的狗出現在不同的角落，來滿足燈迷們的好奇心。

這些年，全台各縣市每年都會舉辦燈會來慶祝元宵。在台北由於展示的燈種很多，為了方便燈迷們觀賞，都會在國父紀念館或中正紀念堂的大廣場舉辦。每一年展期結束後還會讓花燈遊行，給大家有機會再一次目睹花燈的風采。

每年的元宵夜吃過元宵後，我們一家大小會浩浩蕩蕩地去賞花燈，悠閒地陶醉在燦爛奪目的燈海中。相信每一盞燈都代表著一個動人的故事，置身其間會對美不勝收的燈光秀給予最驚喜的讚歎，因為它把光與美做了最完美的詮釋。

賞花燈除了觀賞各式各樣的花燈外，猜燈謎也是一項重頭戲。謎題很多樣，以趣味為主，答對了還有獎賞，所以總是招來好多人來搶答，誰答得快又準就是贏家。

我很慶幸能生活在這樣的年代，一家人可以共同度元宵，吃元宵、猜燈謎、逛燈會，並享受高科技帶來聲光剪影，那是一種免費又有趣味的幸福，讓人滿足、快樂和感恩。

花燈是中國的傳統藝術，在一切講究快速的今天，傳統手工做的燈籠，雖已被高科技的雷射燈取代，但它們在元宵節的氣氛中，是同樣被重視的。畢竟，它是元宵節的主角，總是帶給人們難以忘懷的歡樂趣事。

107.2 《警友之聲》

大哥做的月餅

中秋節前幾天，好友文秀送我一盒五彩繽紛的月餅。「真多禮呀，我們都年紀不小了，不時與吃月餅，何必這麼麻煩呢？」我說。

「吃月餅不是重點，倒是做這個月餅的師傅有精彩的故事。它是『大哥』做的。」她笑著回答。大哥的人生與眾不同，經歷過這麼多曲折的人，做出來的月餅會是什麼滋味？

懷著好奇之心，我端詳起那些雞蛋大小的月餅，香氣濃，顏色亮麗，討喜又吸睛。有橘紅色的南瓜，有翠綠色的蔬菜，有紫色的紫地瓜，有米白色的綠豆，甚至是黃色的咖哩等口味，一個個都是更生人阿雄的傑作。

阿雄的媽媽未婚懷孕生下他後，因為恨他的爸爸不負責任，加上無法忍受左鄰右舍們對她異樣的眼光，於是把剛出生的他交給阿嬤，就遠離他鄉，不再回來。阿嬤帶大的阿雄，最討厭別人說他是沒媽的孩子，經常為了這件事和別人打架。

隨著年齡增加，阿雄逐漸走偏，犯的錯也愈來愈大，帶了一群小弟討債、販毒，無惡不作，進出監獄成了他的日常。儘管如此，阿嬤還是相信他，屢屢對外表示這孩子本性不壞，是自己沒把他教好。每一回去探監，就把這番話一遍遍地告訴阿雄，相信他有一天會改邪歸正。

阿嬤的信心給了阿雄力量，他不願意再讓阿嬤失望，於是開始在高牆下努力，學習獄方提供的各項技藝，盼能為自己增加出獄後的謀生能力。

就這樣，他在最後一次服刑的十一年時間裏，把監獄當學校努力學習，不僅戒掉不良習慣，還學會了做木工、做糕餅、修一些電器品的技術。

由於他在獄中表現優異，所以提早假釋出獄。回到大千世界，一開始雖然謀生不易，他那些道上的朋友也希望他重操舊業，但他向善的心不曾動搖。

拿著獄中存下的積蓄，加上阿嬤提供的一點老本，他和另一位更生人合作，在巷子裏開了一間小糕餅店，研發以天然蔬果當材料，希望不只為自己找到一條出路，也能幫農人一點忙，也希望這些天然食材，能為大家帶來健康。

他們兩個為了回饋社會，除了經常送糕點給育幼院和老人安養中心外，也會把多的盈餘都提供給弱勢團體，將此作為人生重要志業。他們低調付出，但由於他們的經營方式、對食材的用心和執著，常客買著買著，便發現了背後的秘密。

有感於浪子回頭的可貴，熱心公益的難得，客人們經常團購與親友分享。

知道月餅的故事後，我再仔細品嚐，發覺它不僅皮薄餡多，還有淡淡的蔬菜香，有異於一般月餅。原來大哥做的月餅除了口味獨特外，更有改過向善、充滿愛心的味道呀！

106.11.20《聯合報》

小花教會我的事

約一個多月前，樓下張媽媽家的貴賓——大花，「莫名其妙」地生了一隻比自己顏色更深的小花。之所以會有莫名其妙的感覺，是張媽媽表示大花明明就結紮過了，怎麼會生個小花呢？難道是自己糊塗了，大花根本沒結紮？

小花既然來了，就得好好地照顧。偏偏她的婆婆正在住院，老公又有病在身，要把小花托狗店照顧，經濟不允許，於是拜託我幫忙照顧幾天，等婆婆出院就接回家。

我沒養狗的經驗，對小狗的印象是停留在日曆上可愛的模樣。想想，養隻狗只要餵牠飼料、帶牠出去遛遛，應該不會耽誤我太多時間，既可幫她忙又有小狗作伴，何樂而不為？

當張媽媽用小毛巾把小花抱來我家時，我被那如中型香蕉般大小，黑絨絨閉著眼睛的小花嚇住了。那模樣怎麼和我想像中會跑、會玩的小狗不一樣？看到軟趴趴的幼齡小花，我很後悔當初沒搞清楚，就一口答應要幫忙。

小花的體重很輕，可當我雙手接過小花時，卻感到沉重。張媽媽開始說明一些餵奶、清便和保暖應注意的事項，我連忙點頭說好，心想絕不能負人所託。頭幾天，牠都趴在小被子裏，每天除了喝奶就是睡覺，沒什麼麻煩。

大約兩周後，牠的身體變得比原來大了一倍，眼睛也慢慢張開了。每次我輕喚牠的名字，牠會伸長脖子找聲音來源，也漸漸有想起身的動作，前腳挪動，試圖撐起身子來。第三周後，牠已經能站起來，走起路來搖搖晃晃。那傻氣的模樣雖然很討喜，但每一次拿下尿片，牠立刻四處亂大小便，一次又一次，我才剛弄完擦手，就又得去清理和洗手，只覺得很煩。曾有那麼幾回，我衝動地想把牠還給張媽媽，最終打消念頭。

為了讓牠能養成在洗手間大小便的習慣，我在地上鋪好報紙，然後關上門，以為這麼一來就能如我所願。未料，等了又等，什麼都沒發生。可是一把牠放出來，牠立刻尿在客廳，好多天都是這樣。

有一回，牠在廚房門口便便，我驚叫一聲，牠立刻嚇得連滾帶爬躲到沙發底下。

看小花緊張害怕的樣子，我很自責也很心疼，發覺自己心太急，還不到滿月的狗狗，哪能懂這麼多，我必須耐著性子慢慢教牠。

有了這個想法後，我把訓練的次數增加，在等的過程中，自己看書或聽音樂打發時間。也許是我慢慢地放鬆了，也許小花懂事了，有天牠真的在報紙上尿尿了。看牠尿完後，還用小嘴巴磨蹭著我的腳，我好高興也好感動。

悉心照料下，小花一天天長大，那捲捲的咖啡色毛髮又亮又軟，一雙大眼睛更是水汪汪的，十分可愛的模樣。過兩天，小花就要回張媽媽家了，我很感謝牠在這段日子裏，不僅帶給我成長的喜悅，還讓我變得更有耐性。

107.3.11《聯合報》

不一樣的感覺

常爬山的我一直很喜歡去爬「挹翠山莊」。因為它離我家不遠，隨時可上山；另一方面，山上很寧靜優美，空氣又好。最最重要的是，山上每户人家的前庭後院，都有不一樣的特色，有小橋流水，也有假山涼亭。

走完一段後，轉個彎，會是另一種的驚喜。那些專人設計的花海，眨個眼就呈現眼前，讓人眼睛發亮。有人利用不同的舊家具疊成花塔，塔上開滿了五顏六色的花，永遠四季如春，百花爭艷。雖然是廢物利用，卻是創意十足，充滿了現代美感，讓人驚歎。

每次去爬山，我都歡喜滿滿，拓展了視野，放鬆了心情。我常把它當成一趟充滿詩情畫意的繽紛之旅。

那天下山前，我發覺天候還早，就順勢繞著不同的巷子下山。雖然巷子裏沒有庭院，但家家户户都在陽台或門口種滿了花草，那種小而美的視覺，是山莊上的另一種風景。

當我哼著歌，邊走邊欣賞每家的花草時，我看到一户人家的鐵門上，有個跟門一樣寬的四尺長的佈告欄。遠遠看去是白紙黑字，本以為是鄰長家的公告，要宣布修路或寵物走失的消息。

但當我走到門口時，我好奇地放慢腳步，雙眼忍不住地看了過去。當我看到「好文分享」四個字時，我停了下來，想分享主人的好意。每篇作品的後面，都有註明摘自何處及作者大名。

原來主人是愛書人，看到很正面或很溫馨的文章，都會抄錄一段，希望分享路人。第一篇抄錄的是關於愛要及時的文章。第二篇是一個做回收的阿嬤捐救護車的消息。

當我繼續往下看時，忽然看到一段很熟悉的文字：想想，我們都是女人，若大家能以同理心相待，需要的時候互相照顧，那將多好。心想這不是我發表在《人間福報》〈家庭版〉的文章嗎？怎麼這麼巧，在這兒出現呢？

想想真是有趣，我只是去爬山，卻會在巷弄裏看到自己的拙作。那種意外的感覺和驚喜，真的和看報紙是很不一樣的。

106.4.5《人間福報》

予人玫瑰，手留餘香

小鳳好久沒跟我們這群爬山夥伴一起去爬山了，那天忽然看到她，感覺她瘦了一些。

她表示過去這兩、三個月，鄰居的一對老夫妻生病，子女又都住在國外，沒有親人可照顧，所以只要他們有需要，她都會過去幫個忙，像幫他們採買一些日用品、陪他們去醫院看病、幫忙打掃屋子或煮些東西給他們吃，大概天氣熱而事情又多，所以就瘦了。

我問她：里長那邊不是有日照人員會來幫忙嗎？她表示那不是每個鄰里都有，即使有也是需要條件的。

她認為大家是鄰居，偶爾過去關心一下、幫點小忙，沒什麼啦！她表示，自己喪偶時兩個兒子還小，為了扶養孩子，沒什麼專長的她，只好出賣勞力四處打工，當時就得到很多人的幫助。

她的房東太太，不僅把房子便宜租她，還經常幫她看顧孩子，讓她很安心地去工作。她在某公司負責清潔的工作，主管夫婦知道她的狀況後，特別請她去家中幫忙，讓她多一份收入。

主管夫婦給了她工作，平時還會以年節或小朋友生日為由，給她紅包來接濟她。當她的大兒子考上醫學院時，更是大力幫忙，到處幫她兒子爭取獎學金，減輕了她很多的負擔。

二兒子和主管的兒子同年紀，主管家請家教，上課時也讓她兒子一起來上課。反正主管夫婦都很熱心地幫助她。她曾許下心願，有朝一日自己有能力時，也要去幫助身邊的人。

如今兩個兒子工作穩定，讓她安心地四處當志工。得空時她會做些便當，送給社區裏的獨居老人；聽到哪家忽然出了意外，她絕對出錢出力。

前兩天隔壁巷子一位林姓的單親爸爸出車禍，因平時沒有繳健保費，所以醫院無法處理，她知道後連忙幫他繳清積欠的八萬多塊健保費，讓對方順利就醫。

每當有人問她，自己都省吃儉用，為何助人很慷慨？她笑著回答：幫別人解決了困難，對方會開心，自己也會因付出而感快樂，多好啊！

107.3.12《人間福報》

好習慣要從小養成

到朋友家拜訪，看到她正在訓練三個小朋友洗馬桶。七歲的大女兒彎著腰，一手拿著水瓢，一手拿著小刷子，認真地在馬桶內刷刷洗洗。五歲的老二和三歲的老三都是男孩，他們拿著抹布，擦馬桶外邊和地上。

看著小朋友很認真地忙著擦洗馬桶，而且洗得很開心（應該說玩得很開心），我和朋友忍不住相視而笑。朋友告訴我，天氣熱，孩子吵著要玩水，她也很想帶孩子們到海水浴場玩水消暑，但一想到海水浴場人滿為患，再加上一個人要如何顧好三個好動的小蘿蔔頭，想到就已力不從心了。

為了讓小朋友有事做，不再整天吵吵鬧鬧的，她忽然想起曾經看過的一部外國影集。故事是敘述一個天才媽媽，她為了訓練孩子有個可以終身受用的好習慣，她讓孩子從小學做家事。有好表現時，媽媽除了給予擁抱、讚美之外，還會給一顆巧克力作為獎勵，讓孩子們很開心。

她覺得這位媽媽的做法值得借鏡，於是想到大熱天，既然孩子喜歡玩水，那就從洗馬桶開始吧！就這樣，馬桶洗好了要擦乾，地板也要順便擦乾，以免滑倒。工作完成後，幫他們換上乾爽的衣服，再遞一杯自製的果凍，孩子們是笑得一臉燦爛，還會說：「謝謝媽咪！我好愛您喔！」

孩子小，好奇心重，每隔三、兩天，就會問媽媽：什麼時候要洗馬桶？此時她會回答孩子：這次換洗玩具或刷拖鞋。她就在陽台放一大盆的水，讓孩子邊洗邊玩，每一回孩子們都開心地完成任務。

除了洗洗刷刷，她也要小朋友整理內務，早上起來把小枕頭或小拖鞋歸位擺好，讓小朋友知道，自己用過的東西，離開時就要把它恢復原狀。

她發覺孩子們的可塑性很高，多做幾次就懂了。她很開心在生活裏，能讓孩子參與家事，或許做不好，自己還要收拾殘局，但她認為給予機會教育，讓孩子從小就有好習慣，是父母的責任。

106.10.4《人間福報》

以平常心看待

婚前有一次跟團到東京賞櫻花，同行的一位年輕人，不僅對太太體貼，連對我們這些女團員也非常體貼。從搬行李、用餐時的拿碗筷、在跨小水溝時順手拉一把，或在遊覽車上找位置等等，他都展現著熱心和體貼，讓我印象深刻。

或許是有了這樣的感受，在交異性朋友時，我會很注意對方對別人是否有體貼的心。因為我一直覺得，一個男人懂得體貼，代表他能善解人意，願意幫助別人，心地善良，比較不自私。

有了這個選項後，我的另一半自然就是體貼型的。他不僅對我體貼，對女同事也是一樣，去超市時順便幫她們帶些需要的東西，下班時順路讓對方搭一下便車，旅遊時幫她們照照相，反正舉手之勞，沒什麼。

每次看到另一半對異性體貼時，我都以平常心看待，用正面的心情來面對，畢竟能幫助他人，是一種好事，會帶來快樂的，更何況因為他的熱心，換來很多珍貴的友情。

我看過很多為人妻子的，看到老公對異性體貼時，就不分來由地擺臉色，讓彼此都很尷尬。我覺得會體貼別人不是壞事，只要止乎禮、有分寸，那又何妨。

所以聰明的女人，不要為了那小小的動作，就與另一半冷戰、吵架，甚至離婚，那可虧大大了，兩敗俱傷，不值得，何不樂觀以對，讓老公偶爾表現一下，他高興，妳又沒損失，有多好啊。

103.9.16《自由時報》應徵「老公體貼他人，如何看待」

我人生的兩杯咖啡

對於一天沒喝咖啡就會失魂落魄、毫無精神的人來說，看我這個年過一甲子才喝過兩杯咖啡的人，一定會覺得很另類，而且不可思議吧！

由於我對咖啡因會過敏，只要聞到咖啡味道幾秒鐘，頭就一陣暈，而且看起東西來，會有點飄浮不定，晚上還會睡不穩，所以我對它敬而遠之。記得第一次喝咖啡，是在幾年前的一個寒冷的早晨。那天我和張老師在「花博」當志工，都被派到「夢幻館」值勤。因寒流過境又下著雨，氣溫很低，所以張老師在上工前買來兩杯咖啡，一杯要請我喝，希望能暖暖身子。

我雖然很清楚地告訴她我不能喝的理由，但她認為當下才早上八點，到晚上睡眠還有好長一段時間，要我放心喝，絕對不影響睡眠品質的。我就在盛情難卻下，很高興也很放心地喝了我人生的第一杯咖啡。

咖啡喝下之後，沒什麼特別的感覺，我還是照樣值勤，忙碌地在「夢想館」穿梭，不僅不覺得累，而且整天精神超好的。回家後也無異狀，到了夜裏躺上床後，我才發覺自己毫無睡意。

為了儘快入眠，我只好開始數數兒，一數再數，把十二生肖都數完了，還是睡不著。接著我又把貓咪、大象、長頸鹿……只要我能想到的，都通通加進來仔細地數，我還是清醒得很，知道有鄰居上樓，而且確定是有抽菸的女性，因對方腳步很輕，還有煙味飄來。

或許是自己對咖啡有這種莫名的敏感度，所以從那以後我不再喝咖啡。親友聚會我選擇白開水或果汁，這樣既沒壓力又輕鬆自在。

上個周末，鄰居的郭媽媽因年老多病，她唯一的親人是在美國定居的兒子，因路途遙遠，無法就近照顧她，決定把她接到美國去住。臨行前，她兒子特別請了幾位老鄰居和郭媽媽的老朋友，一起陪郭媽媽喝咖啡、聊聊天，也算是餞行。

或許是大家心裏都明白，郭媽媽這次去美國，以後要再回來的機會不大，於是在依依不捨下，就把咖啡當酒，以乾杯作為最深的誠意，祝福郭媽媽一路平安。

因我曾經是郭媽媽的房客，她待我如親人，我孩子還小時經常幫我忙，所以她要遠行我特別難過。或許是心有不捨，也深知這次和郭媽媽相聚，很可能是人生的最後一次，想著想著就把整杯咖啡當成白開水一飲而盡，忘了它是會讓我難以入夢的咖啡。

由於這是一杯為離別而喝的咖啡，我喝起來感覺特別的苦澀。儘管有加了幾塊方糖，但我還是覺得它滋味很苦很苦，很不好喝，一點都沒有像別人喝咖啡，那樣的樂在其中。不過無論如何，為了敬郭媽媽，我還是勉強自己喝了人生的第二杯咖啡。

喝咖啡對現代的人來說，是一種無上的精神享受。有人自己邊看書邊喝咖啡；有人邊聽音樂邊喝咖啡，獨自享受著喝咖啡的快樂；有人和三五好友邊喝邊聊，透過「喝咖啡」來做各式各樣的聚會。談生意、談愛情、談親情、談友情，都可以用喝咖啡歡聚，所以如今喝咖啡已是很普遍了，人人一杯咖啡已是生活的日常，不像過去它是有錢人的專屬。

雖然現在喝咖啡很日常，便利商店都能買到，但對於喝咖啡會過敏的我來說，還是不願嘗試，因此數十年來，我就在這樣不同的情況下，喝了兩杯咖啡。儘管兩杯咖啡因人因事帶給我相當不同的感受，而我卻對此印象深刻。畢竟這兩杯咖啡在我的人生裏，具有特殊的意義，而且是很難忘記的。

107.6《警友之聲》

因旅行而結緣

那一年和一群朋友到歐洲去旅遊，其中同行的有三姊妹是素食者。每天用餐時她們自己一桌。每次看到她們桌上翠綠的蔬果，及從台灣帶來的炒花生或蘿蔔乾……每道清爽可口的菜餚，都來自大自然，而且只要簡單地料理，就可吃出健康，而且還不會傷害生態。

從那次親眼目睹了素食的方便，及所帶來的諸多好處以後，我開始認真地思考著，我是否該試著去接觸它，希望從中得到一些自己想要的答案。

就這樣，我開始接觸素食，先從素食自助餐出發。每次看到一盤盤五顏六色、來自天然的食物，雖然少了油腥味，卻同樣讓人食指大動。

有了幾次接觸的經驗後，我開始學著煮素食，一開始要從葷食中拿掉吃了數十年的肉類，內心真的很掙扎。於是我從三天吃一次葷食，改成五天吃一次，漸漸地把肉類從菜單上減少，然後到沒有。

一開始除了減少葷食的食用外，也試著透過素食，來看看身體的反應。結果我發現，飲食裏少了葷食後，或許是少了油膩和魚腥，感覺三餐吃起來爽口開胃多了，心情無形中也變好了。

或許很多人會覺得吃素食外出會不方便，其實不然，現在素食餐廳到處林立，連包子、泡麵都有素食者專用的，怎會不方便呢？

其實吃素食不僅帶來健康，還做了環保，何樂而不為？

106.5.26《人間福報》應徵「我行我素」

杜鵑奇緣

院子裏的粉色杜鵑，和往年一樣，一到三月就開始含苞待放，接著如煙火般漫天綻放。

一大片燦爛的花朵，把綠葉淹沒了，那種滿眼粉嫩的美，真令人歎為觀止。難怪白居易會在「山枇杷」中，對杜鵑有「回看桃李都無色，映得芙蓉不是花」的讚歎。

每次杜鵑花開，我就會想起多年前的往事。

記得那是冬天的早晨，約十點多，我在博愛路上等公車時，站牌邊有個少婦，把兩盆杜鵑擺在地上賣。

她背上的小男孩一直掙扎哭喊，少婦邊抖動身子，邊回過頭說：「不哭！不哭！」我上前問：「孩子是否餓了？」她低著頭回答：「孩子在發燒。」或許是同為人母，我聽了有點驚訝，又有點緊張。

我再問：「怎麼不先帶去看醫生，再回來做生意呢？」她無奈地回答：「家裏沒錢，所以載兩盆花來賣，希望賣了錢，再帶孩子去看病。」我聽後愣住了，想想怎麼會這樣，真是屋漏偏逢連夜雨啊！

為了要讓她能儘快地把兒子送醫，我連忙表示，自己很喜歡杜鵑，不如就把兩盆都賣給我。她一聽我一下子要買兩盆，高興得說不出話來，只是猛點頭。她告訴我：「這兩盆花的花齡是五年，市價一盆是五百元，妳兩盆一起買就打八折，算八百元就好。」

我搖搖說：「該多少就多少，不用打折。」並立刻掏出十張百元鈔遞給她。她收下錢後，蹲在地上幫我把花盆裝入塑膠袋，一盆一袋。她表示把重量分散，這樣搭車提起來比較輕鬆。

她把花交給我，牽著腳踏車要離去時，回過頭來告訴我：大一點的花盆下，她放著我多給的兩百元，她很感謝我在她最困難的時候，願意幫她買花。當我還來不及反應過來時，她踩著腳踏車踏板揚長而去。

就這樣，兩盆杜鵑進了我家院子，從此不斷地開枝展葉，越來越大欉，花兒是一年比一年繽紛。每年春天一到，它們就展現風華，爭奇鬥艷讓我開心，也讓我非常感謝這樁杜鵑奇緣。

106.4.17《聯合報》

兒子留長髮

在大學時曾經拍過幾支洗髮精廣告的兒子，從學生時代到踏入社會，一直都是留短髮，他覺得短髮清爽、舒適、好整理。

不過這陣子，他忽然留起長髮來，服務警界、一生重視儀容的外子，看到兒子的頭髮，從髮梢長到脖子，如今快要滑下肩膀，每天洗澡前寧願用橡皮筋綁個小馬尾，再戴上浴帽，一點都沒有要剪短的意思，氣到要抓狂。

愛面子的他寧願生悶氣，卻不願意坐下來和兒子面對面地溝通，只有三不五時地在我面前發脾氣。他總是說：「看看妳生的好兒子，都已經成年了，還把頭髮留得長長的，不男不女，三分不像人，七分不像鬼，敗壞門風，傷風敗俗，把我的臉都丟盡了，真是家門的不幸……」

每次他這麼說，我都很難過。有道是「生兒身不生兒心」，兒子是個個體，他已經成年了，有權利選擇自己的喜愛，只要不過份，能兼顧情與理。

自從身為人母後，對子女的教育，我是採取尊重式，只要盡忠職責、安分守己、不做違法或傷害他人的事就OK，至於戴個耳環或留個長髮，能打理乾淨，不影響生活，我是可以接受的。畢竟，年輕只有一次，人不癡狂枉少年哪！

看到外子每天一進門就板著臉，老把我當出氣筒，還拿話來酸我，我想和兒子談談。那天在和兒子聊天時，我刻意地問：「最近很忙嗎？」「不會呀！還好。」他答。

「有時間的話，去把頭髮修剪一下，頭髮短看起來有精神，而且好整理。」我說。

「這個我清楚。但前些日子我去某癌症兒童病房當志工，教小朋友唱歌時，發現所有的小朋友，不管男女，每個人都因為生病作化療而掉光了頭髮，一臉無助茫然的神情，令人難過。想到他們的人生才正要開始，卻因為生病，必須忍受種種不一樣的痛苦，我很心疼。一開始不知道自己有什麼方法，可以協助這些不幸的孩子，後來終於想到自己很幸運，擁有父母賜給的滿頭濃密烏亮的頭髮。我想，不如趁著現在年輕，白頭髮還沒長出來之前，趕快留幾束長髮，捐給他們做假髮，讓孩子們可以戴在頭上，感覺自在些……」他說。

兒子的話字字句句讓我慚愧，原來做父母的我們誤會他了。很慶幸他們父子沒有因這場誤會而傷和氣。過去只知道外語能力不錯的他，得空時會到育幼院或一些弱勢團體教孩子們英語，也會和建中的同學一起出錢出力，為偏鄉的兒童們舉辦各種公益活動。

大家分工合作，希望能一起來圓這些孩子的夢。他們利用寒暑假，帶著這些住在深山裏，沒看過火車、沒搭過船，沒到過動物園、兒童樂園的孩子們，走出來看看繁華的世界。從海上玩到陸上，再飛上天空，去住很高又不用爬樓梯的飯店，去吃有好多好多菜、水果、冰淇淋的自助餐，用不同的方式，逐一完成他們的夢想，讓這些孩子們玩得盡興，開心到睡不著，每個人都有個難忘的夢幻童年。

真沒想到這次他一改往常，會用留長髮的方式，來為不幸的癌童們，盡些微薄之力。難怪有人說，愛有百百種，只要有那份心，每一種愛都是彌足珍貴的。

那天，當外子氣沖沖地又要在我面前數落時，我先開了口，把兒子的心意告訴他。他聽了沒說什麼，當然連那句「看看妳生的好兒子」也沒說出口，我心想還好沒說，否則我聽了也會覺得不好意思呢！

兩個小蛋糕

多年來，我一直都在某殘障基金會當志工，希望能幫這些身體有障礙的孩子們分擔一些事。由於和他們相處久了，所以彼此就像家人一樣，感情非常好。

在那兒當志工，看到他們走路有障礙，或做起事來，因手腳的不協調，造成種種的不方便時，我都很願意伸出援手。心想，某些動作對我來說，只是舉手之勞，但對他們來說，卻是辛苦萬分，我能分擔多好。

就像那天，午後烏雲密布，眼看著天就要下大雨了，小玉拄著拐杖，一拐一拐地要去搭車。我剛好看到對街有計程車停靠，連忙彎下腰來，把小玉背到對街。

當小玉上了計程車後，我請司機幫個忙，下車時請他多等一下下，因為小玉雙腳不方便，兩隻手又套在拐杖上，下車時動作會慢些，若耽誤了一點時間，請司機多包涵。司機向我點點頭說：「沒問題。」

或許是我常這樣，在必要的時候幫他們一點忙，得空時我也會蒸些蘿蔔糕或發糕，和他們分享，讓這些孩子們很開心，也常常對我表示很感謝。

那天我還是和往常一樣，提早到辦公室，沒想到我一進門，小玉就一拐一拐走到我面前。她從塑膠袋裏拿出兩個小小的杯子蛋糕，放在我的手上，然後靦腆地說：「祝姊姊生日快樂！這是我昨天做的，很好吃哦！」

雙手拿著蛋糕，我感動得說不出話來，因為我根本忘了自己的生日，難得這孩子細心記住了。我忍不住地伸出雙手，把她緊緊地抱住。想想，要做蛋糕對常人來說，已經很麻煩了，更何況對一個手腳不方便的孩子。要打蛋，要加麵粉，還要加糖、加油，更要進烤箱烤才能完成。

一想到她為了兩個蛋糕忙碌的樣子，我心疼得眼眶潤濕。除了感謝還是感謝，因為這是我這輩子得到的最珍貴的生日禮物。

106.9.27《聯合報》

掛著眼淚的麵龜

上星期六的早上，我忽然覺得，右腳背的中間，好像被蚊子叮了一下，有點癢癢的。我很本能地抓了幾下後，就順手抹上萬金油。本以為我這樣的動作，會像過去一樣，等一下就沒事，不癢了。

沒想到幾小時過後，我發覺腳背還是很癢，本想再抹上萬金油，但又覺得早上抹過了，既然沒效，就改成抹凡士林，或許會更有效。正當我在抹藥時，我發現我的腳背比早上腫多了，跟剛起鍋的小饅頭一樣，胖胖亮亮的，而且呈暗紅色。

由於它不會很痛，只是偶爾癢癢的，所以我就沒有很在意。心想，或許是白天工作忙，走太多路了，所以才會腫。說不定睡個覺，讓腳休息一個晚上，明天就安然無事了。

就這樣，我放心地去睡覺，一整夜也沒什麼不舒服。但當我早上起床時，我發覺我的腳背又比昨天胖了一些，而且上面還有三粒如米粒般大小的白點。看著腳背不斷地發胖，我開始著急，想去找個醫生看看。

我雖然騎著機車，穿過大街小巷，因為是假日休診，就是沒找到任何一家診所有營業。因為沒有地方就診，我如鬥敗的公雞，失望地回家，只希望明天快點到來。

午餐後，我用棉花棒蘸酒精，一直在腳背上來回擦著，每隔半小時擦一次。就在我來回擦酒精的同時，我發覺我的腳背像媽媽做的蒸饅頭一樣，慢慢地慢慢慢地在膨脹，最後變成廟裏拜菩薩的麵龜，橢圓形，顏色暗紅，還閃爍著光芒。

而上面原本像米粒的白點，也隨著時間的消逝開始長大，裏面還有水。原本的小水滴，也急速成長，變成大拇指般的晶瑩剔透。一時之間我的腳背成了世上獨一無二的掛著眼淚的麵龜。

第二天一大早，我到某醫學中心掛急診，就診時醫生問我：「怎麼會等到這麼嚴重才來就醫？」我不知道怎麼回答，只好把這兩天所發生的情形全盤托出。

醫生邊要護士小姐幫我處理那三顆如水晶球般的水泡，邊要我立刻辦理住院。聽到「住院」，我愣住了，本想問醫生：有那麼嚴重嗎？但我沒把話說出來，只問醫生：可以不住院嗎？因為我九十多歲的老母，五十多年沒來過台北，這兩天正好來台北我家，我需要看顧她。

醫生抬頭看看我說：「不住院，在家必須按時吃藥，而且不能去碰水泡，以免碰破引起感染。」我點頭表示我會很認真配合。醫生給我三天的藥，吃完第四天回診。

我依照指示認真地吃藥，第一天、第二天過去了，我的腳依然如此。第三天到了晚上，我發覺它還是沒改變，水泡又長大了。看到這情景，我很失望，我不知道接下來會發生什麼事。

那天晚上我沒睡好，只想著明天的就診。天亮了我下床時忽然發現，我的腳背變瘦了，不再光芒萬丈，而且表皮好像百歲人瑞的臉一樣，有很多皺紋。這個發現讓我開心，我知道危險已過。

到醫院複診，護士小姐再幫我把水泡裏的水引出，醫生再給我三天的藥。就這樣，服完三天的藥，那隻在我右腳背上來勢洶洶、掛著眼淚的麵龜，終於消失無蹤。真沒想到只是一點點的癢，會變成這樣，真的很可怕。

106.5.5《聯合報》

一句話的重量

自從舍弟省作幫拙作《最帥的父親》所作的序〈父蔭是薰風〉在《月光山雜誌》刊出後，我不時地會接到一些鄉親長輩的電話。儘管我跟他們不熟，但他們都不吝給予真心的鼓勵，讓我感動莫名。

雖然他們一再地表示，大家都是美濃人，給個鼓勵沒什麼，但我卻覺得他們願意付出真誠，就已經很難得了。

除了有鼓勵的電話，還有熱心的鄉親，把在網路上買到的新書，拿到我做生意的地方讓我簽名。身為作者，為新書簽名是不能推卸的基本禮貌。在新書發表會或演講時，幫讀者或聆聽者簽名都是常有的。只是同樣的新書簽名，卻有不一樣的感覺。

前者是面對生長在同一個地方的鄉親，有著濃得化不開的情誼。他們的情義相挺，對我來說是種美麗的負擔，所以簽名就會有無形的壓力，總覺得要很慎重，才不辜負他們的好意。至於後者，那是作者與讀者的互動，簽名變得輕鬆自在，可以很隨興，尤其是不一樣的年齡層，互動的方式就可以變得很多元。

有一天，三位大姊姊拿著她們從報紙上幫我剪下來的拙作送給我。一看到她們細心地在每張剪報上，清楚地註明著刊出的日期和報社名稱，這份情真讓我受寵若驚，因為太出乎我意料之外了。一直以來，我始終覺得剪報是作者的份內之事。

在過去沒有電腦存檔的年代，書要出版就必須靠蒐集的剪報來編撰。如今出書已用不上剪報了，一切交給電腦。現在剪報只是為了留作紀念，也是見證作品第一次公開在媒體的原創，因為許多文章報刊都加了彩色配圖，很有紀念價值，因此對作者來說很重要，所以就有見報必剪的習慣。

真沒想到她們只因為和我有共同的語言、共同的生長背景，就對我這麼疼惜與厚愛，讓不擅言詞的我，不知道該說什麼，才能表達內心的謝意。雖然她們一再地表示，在報紙上看到美濃人的作品，會覺得與有榮焉，就順便剪下來，自己可以看看，有時還可向鄰居炫耀一下說：這是我們美濃女兒寫的喲！

其實對她們的溢美我感到很汗顏。畢竟我沒有什麼過人之處，值得她們這麼肯定。我只是很認命，很清楚地知道，自己已經輸在起跑點，凡事若不多加油，更積極地學習成長，那將是終生的遺憾，我不想要這樣的人生。

記得四、五歲時，父親第一次講給我聽的故事是「龜兔賽跑」。在說故事的過程中，他一再地強調，烏龜的腳很短很短，而且在地上爬是很慢很慢的。在先天上就吃虧的烏龜，要和腳長且跳得快的兔子比賽，烏龜要贏兔子的機會很小。除非牠發揮堅強的毅力和不怕苦的精神，一步步不停歇地往前爬，才有得勝的機會。

或許是生命中第一次聽的故事，它給了我很大的啓發。所以在寫作路上，我不管遇到什麼挫折，都會以這個故事鞭策自己。就這樣，我一直把寫作當作故事的分享，有好題材從不放過，時間一久就有很多發表的作品，可以集結成書。

每次新書出版，都承蒙很多鄉親的鼓勵，給了我無限的動力。對於鄉親的鼓勵，我是謹記在心，不敢或忘。因為那種發自肺腑的勉勵，讓我深深地體會到，人情是有味道的。鼓勵的話雖是無形，但每一句都充滿了重量，它珍貴無比，是很值得我珍惜和感激的。

107.3.29《月光山雜誌》

獨一要比獨二好

或許是看到身邊許多的朋友，不管是談戀愛或結了婚，都常鬧出不愉快的狀況，不是男女雙方個性不合，就是因家屬的介入，讓一對男女承受著無法承擔的包袱，不得不結束一切。既不能好聚好散，還有很多剪不斷理還亂的後遺症，弄得雙方精疲力盡。

看到這些因身邊多了一個人所帶來的種種困擾，小茱發覺一個人的生活，還是比較單純、自在和快樂。

她還記得雙十年華時，家人想盡辦法，幫她介紹一個男朋友。為了不辜負家人的期望，她試著交往半年。在這半年裏，對方怕她不專情，總是對她有很多的限制，不讓她和別人互動，也不能獨自出門。

為了要應付對方，她沒有自己的時間去做自己喜歡的事，整個人變得很不踏實。她常想，彼此只是在交往的階段，對方對她就有這麼多限制，那成了夫妻還得了。後來她是想盡辦法，才好不容易結束了這段不愉快的戀情。

由於第一次交異性朋友就讓她很挫敗，也讓她體會出，想要擁有一個夢幻的愛情，是多麼的不容易。所以從那次以後，她對愛情不再有憧憬，對異性不再動心，真正成了絕食系的一員。

少了對愛情的嚮往，她把精神放在學習上，努力地透過不同的進修，讓自己在不同領域成長。如今她擁有第二、第三的專長，因為多了專長，她的收入也增加了。

一個人有穩定的收入，又沒有任何牽絆，天天可以過著自由自在的生活，那是多麼美好幸福的事。她非常喜歡這樣的生活模式。

許多人常問她，一個人過日子好嗎？她的回答是：只要你夠獨立，有謀生的能力，一切就非常OK的。

106.8.13《自由時報》應徵「絕食系男女」

一樣父母兩樣情

路過一個小吃店，看到一個年輕媽媽邊滑手機邊用餐，坐在身旁約兩歲的小女孩也在滑手機，對於面前小盤子裏的一撮麵視若無睹。

像這樣大人和小孩各自滑手機、毫無親子互動的畫面隨處可見。車廂中、餐廳裏，甚至在家裏客廳，都無所不在，似乎親情不如電子產品來得更吸引人。

每次看到這樣的景象，我就會想起圖書館的親子區，有些媽媽陪小朋友閱讀、說故事的畫面。親子區為了讓小朋友方便坐，都以大和式裝潢。一切都是木製的地板，光滑涼爽，坐在上頭非常舒適，大朋友、小朋友脫去鞋子，在裏面閱讀。

媽媽們耐心、小聲地看圖說故事給小朋友聽。說到精采處，小朋友笑呵呵，媽媽也展開了笑顏。大一點的小朋友，由媽媽陪著看圖認字，一頁翻過一頁，一本看完了，學會了，明天再看另一本。不僅小朋友看得開心，媽媽也跟著受益。

記得曾經聽過文學家余光中教授的演講，他表示自己很小時，父親就讓他接近書本。雖然因年紀小，認識的字不多，但因為長久與書為伍，日子一久就養成愛閱讀的習慣。

無獨有偶，蔣勳老師、小野老師，還有很多名人，也都承認自己在長大成人後，學術上有所成就，都因從小父母讓他們養成閱讀的習慣。

或許有些家長會認為，小朋友太早識字不好，或許覺得會揠苗助長，但不容否認的是，愛閱讀的孩子比較容易靜下心來，急躁的機率相對降低。這樣的孩子對任何事物的學習，接受度是較高的。

我一直覺得，父母的言行，對孩子來說，是一面鏡子，很容易影響孩子。孩子的人生才要開始，若能在孩子小時候讓他們多接觸一些很正面、可以幫助成長的能量，那對孩子來說是重要的。

相信所有天下父母，都樂意給孩子最正面、最受用的養分，讓他們順利成長。

106.5.30

回家，眞好

對一個住院的病人來說，健康恢復了，能回家，真好。

上星期五晚上，當外子的住院醫師告訴我，伯伯下星期一就可出院回家時，我一高興，眼淚就像午後的雷陣雨，劈哩啪啦地落不停。想想，在醫院住了幾天，每天見到的人大都是病人，聽到的都是各種各樣的病情，一顆心總是悲多於喜。忽然聽到可以回家了，那種感覺真是讓人高興。

最近一年多來，已八十歲的外子，身體的健康情形大不如前，於是不斷地發生狀況。幾次的摔跤加上胃出血，都必須緊急處理，還好有快速的救護車協助，才一一地化險為夷。

每次住院除了在病患很多、空間很小的急診室，接受不同的檢查外，等病房也是很磨人的。畢竟病人多而床位少，只能期待已住病房的病人早日康復，好把床位空出來，讓下一個需要接受治療的病人有床位。

好不容易有了病床，照顧的家屬有一張小床可以休息時，又是另一種不安和恐懼。雖然一個病房只住兩個病人，但彼此因症狀和病情不同，需要做檢查的時間、需要吃的藥都不同，於是醫療人員進出的時間就不一樣，這樣多少會影響到對方的作息。有時夜深了，想讓累了一天的身體好好地休息，偏偏臨床的病人因不舒服會呻吟或大聲講話；或是尿布又濕了要換新的，病人和家屬都會有語言上的互動；有時護理人員來量血壓，雖然腳步輕，還是聽得到。

在醫院照顧病人，除了生活上種種的不便之外，最難熬的就是不斷地做相關的檢查，每一種檢查對病人和家屬來說是一種折磨，在等待的過程中，分分秒秒都是漫長的，深怕有不好的結果，讓自己難以承受。

在醫院就是這樣，除了要擔心病人的病情，還要承受一些有形和無形的壓力，此時會特別想念家的溫暖。當檢查結果正常，醫生告訴我病人可以出院時，我真想衝回家。想想，可以出院了，能回家真好。

107.9.19《人間福報》

現金禮券最適宜

幾年前外子因腹膜炎住院開刀，因病情嚴重，所以他的屬下和親友們知道後，紛紛到醫院探望。每個人都非常禮貌地帶來禮物，有奶粉、水果、鮮花、健康食品等等。

由於病人還不能進食，家裏又只有我在吃飯，所以這麼多東西，實在吃不完，於是我當場要求親友們，無論如何請幫個忙，把禮物帶回家。有的親友在很無奈下，把禮物帶回家。部屬們卻堅持把禮物留下，因為他們認為，這是給長官的一點心意，無論如何不肯帶走。我只好把這些禮物分送鄰居和大樓管理員。

有了這個經驗以後，我到醫院探望親友時，我都買百貨公司的現金禮券，加上一張祝早日康復的卡片。我覺得病人能吃什麼，外人不一定知道，與其買得不合用，倒不如給個現金禮券，讓對方可以在百貨超市裏，選擇適用的食品，或其他的東西，若真的買不到，還可換回現金，這樣禮數到了，也會讓人窩心。

現在的人因醫學的進步，以及懂得養身，所以都很長壽，年紀大了，進出醫院的機會變多了，相對的探病的機會也多了。基於人情和關懷，若探病時空著手，真的感覺少了誠意，有點不自在。

探病是美意，會去探望的也一定是至親好友，所以送禮物要送對，這樣既能夠表達自己的心意，也能讓對方不麻煩，才會皆大歡喜。

102.11.10《自由時報》應徵「送禮送什麼最好」

第二輯

親情是無價的

阿嬤的眠床

幾年前，父親想拆掉已是斷垣殘壁的老屋。改建新屋時需要把一些老舊的家具丟掉，因為那些都是用了將近一世紀的破桌舊椅。

那些桌椅有藤編的，也有木條或竹子釘做的。因年代過久，多經過修補，所以桌面和桌腳已是不同顏色。桌子如此，椅子也是一樣，不是椅面凹了，就是腳斷了。這些家具都是老祖宗流傳下來的，有先人生活的記憶，是他們智慧的結晶，從小小的補釘或造型，就可看到老祖宗的匠心獨運。

由於這些家具經過數代的相傳，對它們有了感情，即使不能使用了，還是捨不得丟，所以一直放在老屋裏。這次為了改建新屋，才不得不忍痛捨棄。儘管許多舊家具因無法使用又占地方，所以不再保留，但阿嬤的眠床是大家公認不能丟的，因為那張床有阿嬤的影子，還有子孫們的許多美好記憶。

眠床是檜木做的，有四支腳。在腳與腳之間，用四塊約一尺寬鏤刻的木板圍成一個長方形的床。每片木板上都雕刻著不同的圖案，來代表吉祥如意。例如：不同瓜類圖案，代表著子孫綿延、多子多孫；結滿種子的蓮花，代表連生貴子；栩栩如生的蝴蝶，代表永恆的愛情；綻放的牡丹是花開富貴；還有代表長壽的扁柏……等等。

床上有四根柱子，頂住由方塊形木板組成的床頂。它用三塊約兩尺高、同樣刻著不同圖案的木板圍成，留下床前的空處，方便上下床。紗質淺藍的大蚊帳，從床頂往下罩，床前部分是中分，上下床時可撥開。床上放著兩塊鋪著薄被的大木板，整個床都漆著喜氣的棗紅色。

眠床是阿嬤結婚時請木匠訂做的。阿公過世後，我們堂姊妹都喜歡去睡阿嬤的床，大家和阿嬤擠在一起。每一回阿嬤會邊搖著她那檳榔葉鞘作的扇子，邊說著薛平貴和王寶釧、孟姜女送寒衣及梁山伯和祝英台的故事。

在知識封閉的農村，以及沒有任何娛樂的年代，聽阿嬤講故事是我們這些小女生的最愛。

阿嬤的身材矮小，髮髻上都插著茉莉花或玉蘭花，她人在哪兒，花香就在哪兒。她聰明伶俐，動作敏捷，做事乾淨俐落，肯吃苦耐勞，上山下田，無所不能。雖沒念過書，但憑著看野台戲的經驗和記憶，說起故事來可是高潮迭起，很投入地把自己融入戲中。

說到王寶釧苦守十八年的艱辛，她聲淚俱下，但說到薛平貴東征返朝時，她又破涕為笑。提到孟姜女萬里尋夫的癡情，她又萬般不捨，而想到長城倒了，孟姜女就可看到萬杞梁的屍骨時，她又感動得淚流滿面。提起梁祝的淒美故事，她是又愛又心疼，偶爾說著說著還會唱上幾句黃梅調，讓劇情更加精采。

阿嬤說故事就是這樣，精采生動、唱作俱佳，每個環節都絲絲入扣，我們也聽得如癡如醉，跟著又哭又笑。

隨著時間的移動，長大一點後要忙功課，我不再睡阿嬤的床，接著由堂妹們來陪阿嬤。眠床上的故事大同小異，一年一年地傳下去，直到阿嬤仙逝才結束。

阿嬤走後，眠床一直空著，春去春又來，即使已經斑駁老舊，結滿了蜘蛛絲，但家人還是想留著作紀念。因為我們每個堂姊妹都睡過這張床，眠床上有太多我們的共同記憶、共同的歡笑。

看到它如同看到白天勤勞工作、夜裏說故事給子孫聽的阿嬤，讓許多精采有趣的故事，又一一重新呈現。

107.3《講義雜誌》

台灣阿嬤

這幾天鄰居張大嫂遠嫁美國的女兒文文，又帶著兩個金頭髮的孩子麥可和裘姬回來了。

聽文文說過，才六、七歲的兒子和女兒，每次聽到要去「台灣阿嬤」家，就特別高興。雖然這個阿嬤和他們語言不通，但阿嬤就超厲害的，在比手畫腳中，能瞭解他們，滿足他們的需求。

八十歲的張大嫂，從小就說台語，不會說英語。但因為環境的關係，她和鄰居大部分的阿嬤一樣，客家話、日本話、國語都會說上幾句，不是很流利，卻能在各種不同語言的拼湊下，利用諧音或近音，來表達自己的意思，和對方溝通。

張大嫂就是用自己的方式，和小孫子互動。她覺得麥可這個名字中的麥，就和國語的賣一樣，而那個可字，又和台語的褲字同音，所以她叫孫子時，都國台語雙聲混搭：賣褲！賣褲。至於孫女的裘姬，她認為就和台語的糾集發音相同，所以叫孫女時，就用台語的糾集。說也奇怪，她們用這些方法互動，就沒有語言障礙。

張大嫂喜歡帶孫子逛傳統市場和夜市，因為在這兒無奇不有，很能滿足孩子的好奇心。

那天她們來到賣牛奶和養樂多的攤子前，攤子上掛的橫布條，上面畫著一條牛，旁邊寫著某品牌牛奶產品系列。

或許老闆為了保鮮，都把所有飲品放在大大的冰袋裏，小朋友沒發現，所以引頸看著阿嬤想找答案。沒想到這個阿嬤反應很快，看著孫子的表情，馬上知道他們想問什麼。

這時阿嬤把兩個手掌分別放在兩個耳朵的上方，然後發出類似牛叫的聲音「哞！哞！」，接著把兩個手掌做成大圓圈，圍住右邊的乳房。兩個孫子看後點頭笑了，她也如釋重負般放下手，開心地邊笑邊用台語說：「猴仔子！還知道我在比牛奶耶！」

台灣是多元文化、多種語言的社會，許多人都會簡單的幾種語言。而台灣阿嬤就能把語言的特色，發揮得淋漓盡致，真的太優秀了。

106.11.21《人間福報》

把溫暖送出去

這陣子天氣濕涼，清晨出門時，我會在袋子裏放幾個暖暖包，以備不時之需。

那天氣溫不到十度，雖然身穿厚衣，又戴著口罩和帽子，但我們這群晨運者，還是忍不住地喊著：「好冷！」當我們轉過一個十字路口，我看見一位身穿單薄毛衣的清潔員，正在掃馬路。我連忙走過去，把手上的暖暖包塞進她手裏，感謝她一大早就在為路人服務。清潔員告訴我，她一直在工作，其實不冷，不過還是很感謝我適時地送上溫暖。朋友稱讚我體貼，我笑著回答，這是一個小朋友教會我的。

記得好多年前，暖暖包還不像現在這麼普遍，有天早上我跟著一群小朋友走在人行道上。他們邊走邊追逐，走著走著看到一個阿婆蹲在垃圾桶旁邊做資源回收，把整理好的寶特瓶和易開罐，分別放入她的推車裏。

由於當時氣溫很低，阿婆不知道是年紀大了，還是凍壞了，兩隻手不停地顫抖。小朋友看到阿婆的動作，好奇地停下腳步，忽然有人說：「阿婆好像很冷，她的手一直在發抖。」然後，我看到其中一個穿藍色夾克的小男生，從口袋裏掏出一個暖暖包給阿婆。

阿婆要小男生留著自己用，結果那個孩子把暖暖包放下，一群人就跑了。當時看到小男生的動作，我好感動。心想，在那樣的時刻，把溫暖送出去，真是體貼，讓人很窩心。

從那以後，每年冬天寒流來襲時，我都會在身上放幾個暖暖包。不管在醫院、菜市場或車站，只要看到有人縮著身子，很冷的樣子，我一定會遞上一個，希望能帶給對方溫暖。

107.2.10《聯合報》

一個百寶庫

端午節前幾天，九十多歲的母親又和往年一樣，繫上圍裙，忙著準備包粽子的材料。

從選粽葉、洗米、爆紅蔥頭、挑蝦仁、選瘦肉、炒花生、剁蘿蔔乾……每一項小細節，都要面面俱到。她認為哪個環節沒做好，就會讓粽子的味道不夠到位，吃起來的感覺就不一樣。

晚上和她同床而眠時，會發現床單和被單，在母親洗過之後，都用太白粉漿好再曬乾，所以看起來很挺，摸起來酥酥的，還飄散著似有若無的陽光味道，蓋在身上能帶來一夜的好眠。

那天聽她和堂哥聊天。堂哥因和正在叛逆的兒子賭氣，父子倆宛如仇人，時常發生衝突，所以大發牢騷給母親聽。母親聽後告訴堂哥，先別以長輩的立場來否定孩子的說法，先靜下心來傾聽，知道孩子的想法是什麼後，父子彼此再進行溝通，透過溝通讓傷害降至最低。

若能把孩子當朋友一樣互動，這樣相處起來，必定更融洽、更開心。或許是堂哥覺得有道理，所以頻頻點頭。

諸如此類的生活日常，沒受什麼教育的她，自有她處理的方式和原則。每次看到母親不管在家事上，或人際關係的處理上，都能達到完美和諧，讓人皆大歡喜時，我都很感動。

從小我就是個很沒信心的孩子，但母親從不放棄我，她會透過講故事，或自己做事的方式，讓我從中學習和體會，讓我慢慢地得到信心，知道如何運用自己的強項。

母親就是這樣，彷彿一本知識寶庫，她的每個言談舉止，都充滿了智慧，只要認真挖掘，是源源不絕的。她教會我很多課本上學不到的東西。感謝母親一路走來的教誨，讓我可以成長。

106.6.9《人間福報》

一副拐杖

多年以來，我一直在不同的慈善基金會當志工，幫忙處理發票，郵寄捐款的感謝函，整理熱心人士捐贈的衣服、圖書、米糧，和一些活動的簡章……然後一一地通知弱勢和低收入的家庭來領取。

偶爾社工人員忙碌時，志工也要幫忙接電話，並把所有的來電分門別類地登記下來交給主辦人。主辦人會依序地訪查，只希望能為有需要幫助的家庭，提供最直接的一些支援。

約四個月前，下午三點多，我接到一通一位目前就讀某高職男生的電話。在電話中他顫抖地告訴我，自己念某高職一年級，因無照騎同學機車，看到有警察臨檢，心中一急，猛轉彎後撞上路燈，造成他右腳摔斷。做資源回收的阿嬤買不起拐杖，沒有拐杖他就無法上學，所以想問一下基金會是否有拐杖可以幫助他。

當時我邊聽，邊在心裏思索：我該如何來幫助他？畢竟無法上學會延誤功課的。聽他說完後，我肯定地告訴他，今天晚上以前，你會收到拐杖，明天你就可以去上學了。至於什麼理由，我就沒有多說。他一聽明天就可以去上學，直呼：「太棒了！我怎麼這麼幸運！」我從電話的這端聽得出他的激動和開心。

這件事我並沒有登記下來，心想芝麻小事，在我的能力範圍之內，就私下處理了。為了儘快讓他收到拐杖，我五點下完班後，立刻到某醫院附近的醫療專賣店去找拐杖。第一家缺貨，店員希望我明天再來，因為貨明天才會送到。

由於事不容緩，我又到附近的第二家看看，結果門上掛著「有事外出，暫停營業」的牌子。我只好往第二條街找，就在不遠的紅綠燈底下，我看到有一家店，門口擺滿了拐杖和輪椅，拐杖就在這兒買到了。

我希望店員能在今天晚上將拐杖送到，因為孩子明天上學要用。店員客氣地表示一定會的。臨行前我又請店員在交貨時務必告訴這個孩子，腳恢復健康後，一定要把枴杖送回基金會，讓有需要的人可以繼續使用。

由於每天工作很多，很快地我就忘了這件事。昨天下午，當我又在該基金會服務時，忽然看到一個年輕人，拿著兩副拐杖，帶著青澀靦腆的笑容走進服務台。

我開口問：「帥哥！請問有什麼事？需要什麼服務嗎？」他很有禮貌地把四個月前發生的事說了一遍，並表示現在自己的腳好了，所以把枴杖送回來。我又問他：「拐杖不是一副嗎？怎麼變兩副了呢？」

他「哦」了一聲說：「同學曾因車禍傷了腳，如今傷好了，不需要用拐杖了，他知道我要來，就把他家擱在牆邊很久的枴杖交給我，讓我順便帶來，希望給有需要的人使用，讓愛傳下去。」我點頭表示，你們是一群有愛心的同學。他笑著表示：沒什麼啦。

他把枴杖交給我後，向我揮手道再見！看著笑臉洋溢、飛揚著青春的少年，漸行漸遠的輕快腳步，我嘴角微揚，心想，我只播一顆種子，居然回來兩顆，真的很意外。

106.8.15《人間福報》

九十六、九十七

「我好無聊喔！每天吃飽了就閒閒的，沒事做。」這是我每次去看媽媽時，她對我說的話。她九十六歲了，耳聰目明，走路輕快。雖然年紀大了，她的記憶體還停格在年輕時天天下田工作的階段，她覺得人吃飽了就得下田工作。

過去每次聽她喊無聊時，我像很多為人子女的一樣，給予寬慰，並告訴她：什麼都不用做，把自己照顧好，快樂地過日子就好。這兩年我改變方式，從她記憶體中最熟悉的區塊找話題。畢竟過去的事她記得的比現在的多，就從她最常提的事著手，其中阿文姨是她最掛念的。

阿文姨是她工作的夥伴，她家的田和我家的田只隔一個巴掌大的田埂，我們兩家又住得近。她們從七十多年前就認識，每天一起下田種作，天黑了又一起回家，相處的時間比家人還長。

由於一起工作，一起養兒育女，一起變老，所以感情特別好。阿文姨九十七歲，同樣耳聰目明，就是走路不太方便，需要有人扶著，所以很少出門。因為她和媽媽年紀相當，我把她們稱作「老同學」，結果她們都笑了。

媽媽告訴我，人老了不常講話，腦袋反應會變慢，嘴角也會萎縮，所以她常常想去找阿文姨聊天，分享一些陳年往事。自從知道媽媽的心事之後，我就順水推舟，每天早餐過後，她看完《聯合報》，我就問她：多久沒看到「老同學」了？聽到老同學，她眼睛隨之發亮，然後告訴我：「好久沒看到了。」（其實昨天才見面，只是她忘了）「很久沒看到喔！那我們就出發吧。」我說。就這樣，我陪媽媽去找老同學聊天。

每次看到她們兩個，從年少時躲警報的二戰開始，然後結婚生子，然後娶媳婦當婆婆，再到當阿嬤，到現在當阿祖……一段段地聊著，然後發覺時間過得很快，一下子就老了，走不動了。聽兩位老菩薩聊天，不僅感受到她們的歡欣，也像聽一段百聽不厭的時代歷史故事，有趣又珍貴。

107.5.14《人間福報》

三分之一瓶的香水

每年歲末，社區的廣場都會舉辦歲末聚會的抽獎活動。每一家都有兩張的摸彩券，大家利用聚會聊聊天，聽聽主委報告一年來的社區狀況。主辦單位貼心，利用抽獎送獎品讓大家開開心。

獎品大部分是社區管理會一年來做回收的盈餘購買的，也有一些是熱心人士提供的。為了提高得獎率，獎項特別多，獎品也很豐富，幾乎人人有獎。獎品以一般價位的家用品居多，例如吹風機、烤箱、電風扇、棉被、電鍋、熱水瓶、電暖爐、吸塵器等等。

那天來參加的人很多，幾乎中庭都擠滿了人。我是第三個就被抽中的幸運者，獎品是一床雙人用的棉被。雖然抽中的是當時最實用的獎品，但我發覺目前家裏還有得用，不是這麼需要，於是又和以往抽中獎一樣，再把它捐出去，希望能被需要的人抽中。

因這個動作，讓我想起好久以前的一段往事。初三那年，我們班是男女合班，在升學率掛帥的年代，身為被稱為資優班的同學，個個身負著金榜題名、為校爭光的壓力，每天除了努力念書，就是要應付考不完的大小考試。

由於那是封閉的年代，加上功課忙，所以男女同學幾乎沒什麼交流，班導為了讓大家有個輕鬆的互動，在畢業的前夕，特別舉辦了一場抽獎活動。每個人都自備一份獎品，沒有價位和種類的限制，但必須把獎品包裝好。

結果同學們反應熱烈地開心參與，所帶來的獎品真是無奇不有。有人拿來一打鉛筆，有人帶來五顆橘子，有人帶來一把紙傘，有人帶來一本字典……大家把獎品交給班長編號，再由副班長抽獎。假如抽到五號，就由座號五號的人領獎，抽到三十六號，就由座號三十六號的同學領獎，以此類推。每位得獎人在領獎時，都要說一段一年來和異性同班的感言，不管甜、酸、苦、辣都可以大方說出來，就是不能對任何同學作人身攻擊。

那天全班同學和往常一樣，一大早就到學校，然後默默地自習。鄰座的秋梅很晚來，我低聲問她：「怎麼那麼晚？都要遲到了。」「找不到禮物。」她答。「後來呢？」我又問。結果她從信封袋裏，抽出一瓶包裝紙已經半脱落、只剩三分之一的明星花露水，她說：「家徒四壁，我只找到這個呀！這是我弟弟妹妹長痱子時擦的香水。」

秋梅小五時媽媽因病過世，身為老大的她一夜之間必須姊代母職。每天放學後要做晚餐，要幫弟弟妹妹洗澡。由於天氣熱，加上弟妹們在田裏四處跑，容易被蚊蟲咬傷，所以全身長滿了痱子。每次洗好澡，她就幫他們擦花露水。她還說這是媽媽留下來的，所以她都省著用，非到不得已，她不會用它，因看到它就像看到媽媽一樣。

知道那瓶花露水對她的重要，我告訴她，今天假如是我抽到這個獎，我一定會轉送給妳。她問我：「既然抽到了，為什麼還要送還我？」我拉起她的手說：「因為妳比我更需要它。」她含著淚點頭向我道謝。

或許是老天爺聽到我的心聲，就這麼巧，我真的抽到那瓶香水，也如願地讓它回到秋梅的手上。

因為這件事讓我知道，任何物品，不管價值高低，即使是不到半瓶的香水，對某些人來說都很重要，而且有不同的意義。

從那次以後，我只要有機會在抽獎時，幸運地被抽中獎，我都會再捐出去，因為我相信有人比我更需要它。

雖然我家並不富有，只是小康，我的收入也不多，但我一直很知足，也沒什麼強烈的物慾，只覺得每天能溫飽，就非常開心、非常幸福。每次一想到自己什麼都不缺，就會很樂意把意外抽到的獎品轉送他人。

107.5《警友之聲》

冬天的故事

有人說：人的一生若分為童年、青年、中年和老年四個階段，就剛好和一年的季節春、夏、秋、冬相同，那麼人生的老年，正好是一年的冬天。這樣的比喻，我深感貼切也頗為贊同。

冬天來時，原本翠綠的大樹，會因綠葉變黃後的凋零，而成了光禿毫無朝氣的枯木，看似滄桑又淒涼。而人老了何嘗不是一樣，因身體的老化、病痛的折磨、子女的分散，而變得孤獨和無奈，但還是必須繼續在人生路上往前走。

傍晚時分，太陽不再那麼熾烈，天氣終於變得涼爽多了。幾位住在附近的印尼小姐，又推著她們的主人，來到廟口大榕樹下乘涼。

這是她們的習慣，也算是一種心靈的默契吧！反正大家為了討生活，來到他鄉異國，居然還有幸能遇到相同語言、生活習慣相似的人，這對她們來說，就像看到自己的親人一樣，很是難得，更是難以言喻的際遇。因此每天傍晚，就在榕樹下來個小聚會，聊聊天，敘敘舊，交換一些工作心得，既可紓解壓力，又可一解思鄉之愁，享受深具意義的異鄉關懷。

長得黑黑胖胖、戴著寬邊草帽和耳機、穿著長裙的小劉，來台灣一年多了。她的國語還停留在很生硬的階段，我想這和她照顧的主人有關。因為主人已失智，一天難得說上幾句話，讓小劉沒有可以對話的機會，國語當然就很難進步。

她照顧的是九十五歲高齡的劉爺爺。劉爺爺身形修長，挺直地坐在輪椅上。他穿著藍條子襯衫和卡其色長褲，貼在輪椅背上的頭經常是傾斜的，他永遠是閉著眼睛狀似沉睡。聽說劉爺爺是將官退休，他曾經和先總統蔣公一起參加過抗戰。

退守到台灣後，他就在這兒落地生根、結婚生子。他很喜歡台灣的風土人情，也當了台灣女婿，把台灣當作自己的家，希望在台灣度過他的一生。

他有兩個兒子，年輕時到美國念書，後來都在美國定居，幾年難得回來一次。這情形讓一生效忠國家的劉爺爺很難接受，他覺得很慚愧，是自己沒把兒子教好，才讓他們忘了本，忘了國家也忘了父母，所以他不願意有人提起他的兒子，他認為那是有辱家風的。

劉爺爺以前有個小同鄉小劉，幾十年來都忠心耿耿的，在他身邊當左右手。由於小劉一直未婚，所以就和劉爺爺住在一起。劉家把他當作家人，劉爺爺也告訴家人，一定要照顧小劉到終老。

幾年前小劉在一次意外的車禍中不幸過世，讓兩老難過了好久。小劉走後，家中就剩下兩老相依為命。

劉奶奶比爺爺小五歲，來自新竹客家庄。她嫁給劉爺爺後勤儉持家，讓劉爺爺沒有後顧之憂，可以安心工作。所以劉爺爺婚後對這位結髮妻子非常疼愛。

二十多年前，劉奶奶中風了。劉爺爺為了照顧她，就提早退休了。他覺得成婚後，劉奶奶一直無怨無悔地照顧家人，如今生病了，就該由自己來照顧她。

就這樣，他每天耐心又細心地打理劉奶奶的生活。一開始他舉止失措，因為過去他不曾下過廚，更不會洗衣、做家事。但為了劉奶奶，他一切從頭學起，或許辛苦，他卻甘之如飴。他認為只要對劉奶奶的病情有幫助，吃點苦沒什麼，更何況夫妻是該相扶相持的。

劉奶奶就在他的照顧下，身體慢慢地恢復健康，從半身不遂，到可以下床移動腳步，到可以用助扶架走路，從這一點一滴，就可看出劉爺爺這些年對劉奶奶付出了多少心力。

兩年前，年邁的劉奶奶因重感冒身體虛弱，半夜起來如廁時因恍神沒站穩而滑倒，一星期後，她把劉爺爺留下，自己去當天使了。

劉奶奶過世後，劉爺爺很難過也很自責，一直覺得是自己的疏忽，才造成劉奶奶的不幸。因為打擊太大，一時無法接受心愛的人離去，所以整天拿著劉奶奶的照片，喊著她的名字，默默地流淚，從白天到黑夜。

經過三個月的折騰後，原本有硬朗身體的劉爺爺，身體也慢慢地出現狀況，而且急速惡化。先是語無倫次，接著常常忘東忘西，還誣賴別人偷了他的東西。更糟的是，他時常煮菜忘了關瓦斯，幾次廚房大冒煙，差點釀成火警，嚇壞了鄰居們。當管區警察知道後，幫他通知兒子，兒子回來後就幫他請來印傭，負責照顧他的生活起居。

印傭來後，他偶爾短暫清醒時，會把印傭當小劉。會問：「小劉啊！夫人呢？怎麼沒看到啊！還不去找找看。」兒子為了讓父親感覺小劉還在，有個安全感，乾脆讓印傭當小劉。小劉來後，他兒子又回美國了，留下老爺爺和小劉，守住劉家大院。

推著張大嬸的是安娜，高高瘦瘦的她，愛穿淺橘色的裙裝。不管冬天或夏天，都圍著海藍色的圍巾，把整個頭包住，露出兩隻眼睛和潔白的牙齒。聽說她來台灣三年多了，一直照顧住在客家庄、只會講客家話的張大嬸，所以她能說一口流利的客家話。

張大嬸早年守寡，守著兩分薄田，含辛茹苦地把四個孩子養大。如今孩子們都在外地成家立業，大家都表示很忙，沒有能力來照顧她，讓她非常的難過，覺得自己被遺棄了。

大嬸有嚴重的糖尿病，造成雙腳萎縮，視力也不好，她自己一個人住，常常會因視線不良而跌跤。她為了安全，為了請個人來作伴，身無分文的她，不得已把老公留給她的那兩分地賣了。

她賣地的動作，讓她的子女非常不諒解，每個人都給予嚴重的指責，認為她不該自作主張，把祖產變賣了。但她語重心長地表示，自己一無所有，除了這樣，真的沒什麼更好的方法可以保護自己，讓自己可以放心地走完坎坷的一生。

安娜來後，把張大嬸當媽媽在照顧，把家裏打掃得一塵不染，注意大嬸的飲食，早晚陪大嬸散步、做復健，耐心地學客家話，希望能和大嬸做最好的互動，來瞭解大嬸的心思，好為大嬸解悶。

或許是來到客家庄，見識到客家人勤儉刻苦的生活習性，安娜也學會在屋前屋後種些青菜，讓大嬸和她能自給自足，無形中替大嬸省下一筆買菜的開銷。

偶爾大嬸心情不好，會抱怨養兒育女沒什麼用，平時一通電話都沒有，大家把她當空氣，到頭來陪她過日子的，竟然是外國人。每一回她說著說著就哭了，覺得自己真命苦。此時安娜會蹲下身子，摟著大嬸的肩膀安慰她：「大嬸！不哭，不哭，安娜會陪您！您就放心吧！」大嬸只要聽到安娜的安慰，都會破涕為笑，然後對安娜點點頭表示謝意。

妮娜是第二次來台灣，聽說她第一次照顧的是八十多歲的阿公。因為阿公是講台語的，還很會罵人，雖然半身不遂，卻常常要吃她豆腐。幫他洗個澡，一塊香皂都用完了，他還要繼續洗。妮娜若堅持要扶起他，他就會用枴杖打她。為了要和阿公在生活上做更多的溝通，她努力地學台語，所以她的台語要比國語輪轉一點。

由於一再地受到阿公的騷擾，她在忍無可忍後，就用手機錄影存證，並把這件事告訴阿公的兒子。

或許是阿公的兒子之前就曾聽過別的外傭提過這件事，所以一直向她道歉，並要求妮娜務必留下來幫忙，因為他們家的外傭每一個做不到兩個月就跑了，要是妮娜又要離開，他們真的不知道要怎麼辦，所以除了向妮娜求助，也保證以後不會再讓阿公騷擾她。

妮娜就在阿公家人的懇求下，繼續照顧阿公。約半年後，阿公在一個超級寒流來襲時，因心肌梗塞而離世，讓她結束了來台的第一個很不好的幫傭印象。

由於她有過照顧的經驗，所以再次照顧老人，就比較能得心應手。這次來台要照顧的也是老公公，只是這個老公公無法進食和言語，所有的飲食都靠鼻胃管灌流質的食物。

妮娜不懂客家話，偏偏來到客家庄，她表示幸好老公公不會講話，少了溝通障礙，但她會盡量努力把客家話學起來，講給老公公聽。

聽說老公公有兩個女兒，都已結婚生子，並住在外縣市，很少回來看他。她們每個月會用轉帳的方式，給妮娜薪資和一些生活費。

雖然一個家只有妮娜和老公公住，但妮娜很認真，每天把老公公打理得很乾淨和舒適。有空時她還幫老公公剪頭髮，每次剪頭髮時，她邊小心翼翼地剪，邊喊著：「阿公！我幫您剪最帥的髮型喔！您忍耐一下就好了，很快的。」

剪好後，她會拿來鏡子，讓他照照看，並問：「阿公！很帥吧！我沒有騙您喲！您真的超帥的。」雖然明知阿公是無意識的，但她一直把阿公當正常人看待，不斷地跟阿公講話。

幾次後她發現，阿公是有聽到她講話的，阿公的眼角會在她講話時流下眼淚。每次邊幫阿公擦眼淚，邊繼續說：「阿公！我就知道您會聽，只是講不出來而已。我會一直陪在您身邊，您不會孤獨的。」說完還捏捏阿公的臉。

她深知老人家就像小孩一樣，有的時候哄一下，有的時候又來個善意的謊言，讓老人開心開心。這些都是和老人的相處之道，就看你的耐力和意志力。她很高興來到阿公家，和阿公作伴，讓她在生命中多了一個台灣阿公。

瑪麗亞來自菲律賓，又瘦又小，說著英語，國語只會說一些簡單的生活對話。她照顧不良於行的陳家阿嬤已一年多了。一開始脾氣很暴躁的阿嬤很不喜歡這個女孩，總是嫌她工作不俐落，嘴吧不甜，又長得不好看，很沒有人緣。

只生了一個女兒，老公又已過世的阿嬤，凡事都很挑，認為瑪麗亞是花錢請來的，所以表現不如她意時，她就會破口大罵，讓瑪麗亞很難過。她不知道該怎麼做，才能讓阿嬤高興、不再罵她。

由於阿嬤的女兒不在身邊，家裏就只有阿嬤和瑪麗亞。瑪麗亞雖不得阿嬤歡心，但她努力做好份內的事，對阿嬤噓寒問暖，這些左鄰右舍都看在眼裏。

有一回阿嬤的女兒回來看她，她一股腦地數落瑪麗亞的不是。此時她女兒握著她的手，撥撥她發白的頭髮，輕聲細語地問她：「媽媽！您幾歲了？」媽媽回答：「八十四歲了。」女兒又問：「現在每天誰幫您做飯、洗衣、推您去散步呀？」媽媽答：「就是那個瑪麗亞。」女兒又說：「這就對了，我是您的女兒，卻不能照顧您，人家瑪麗亞拋夫棄子，願意來到我們家照顧您，是您的福報，是您和她有緣分，該好好地待人家才是。我知道您無法接受一個陌生人住在家裏，但您要想想，女兒不願做的、無法做的，瑪麗亞都做了，她現在是您最親、最需要的人，是比女兒還重要的。媽媽您覺得我說的有沒有道理啊？」

阿嬤聽了女兒一席話，低下頭不再說什麼。女兒看媽媽不再有意見，繼續說：「時代不同了，很多的後生晚輩為了工作，無法親身照顧長輩，只好請他人協助。希望媽媽能諒解我不得已的苦衷。」母女說完相擁而泣，阿嬤告訴女兒：「我懂了！妳放心吧！家裏有瑪麗亞在，我會過得很好的。」

從那次以後，阿嬤對瑪麗亞視如己出，瑪麗亞也把阿嬤當自己的阿嬤。常常看她們有說有笑的，阿嬤坐在輪椅上，教瑪麗亞織毛衣。瑪麗亞也常常做些家鄉菜，讓阿嬤嚐嚐，兩個人成了沒有代溝的好朋友。

在幾位坐輪椅的阿公阿嬤中，要算校長阿嬤最幸運，九十高齡的她，因樂觀開朗，臉上永遠掛著燦爛的笑容。每次只要她一出現，這些阿公阿嬤們就會被感染，大家變得很開心。

校長阿嬤是校長退休的，所以鄰居們都稱她「校長阿嬤」。她退休後，分別到不同的學校當志工，發揮她的專業，希望利用自己有限的人生，來幫助更多的學生，在學習上找到樂趣，變得更愛學習。

她除了當志工，也會到不同的婦女團體演講，把自己如何在學校與家庭中扮演好角色的經驗作分享。在忙碌之餘，還參加社區合唱團，來圓年輕時愛唱歌的夢。

五年前，八十五歲的她在住家附近發生了意外，左腳被樹枝絆倒而跌斷。或許是年紀大了，恢復的過程不理想，不得已把左腳截肢了，最後只好用輪椅代步。

她的意外，讓當時正在事業巔峰的兒子平安，決定放棄一切，專心照顧母親。兒子認為只要努力，事業隨時都可以有，但媽媽只有一個，她的健康不能等，所以不顧親人的反對，決心當媽媽的特別看護。

他所以會有這樣的決定，聽說和他的出生有關。六十年前，在醫療不發達的年代，校長阿嬤在生平安時，因難產昏迷了七天。醒來後她怕失去兒子，所以幫兒子取名平安，希望兒子能一輩子平平安安。

自從平安知道這件事後，他非常感謝媽媽的用心良苦，他發誓有生之年，一定要報答媽媽的養育之恩。因此當他知道媽媽這輩子無法走路時，他要媽媽放心，自己要做媽媽最好的依靠，永遠陪在媽媽身邊，走更遠的路。

為了要顧好媽媽，他用心學習專業護理，並調理不同食材，讓媽媽吃到最適合、最營養的食物。他還推著輪椅，帶媽媽環遊世界，享受異國風情。平時每天早晚推著媽媽到公園或榕樹下，讓媽媽曬曬太陽，和大家聊聊天、唱唱歌。即使這兩年媽媽開始有失智的行為，他還是盡心盡力，希望把媽媽照顧到最好。

他表示只要能讓媽媽健康快樂，他什麼都願意做，而這些都是身為兒子的他，最樂意、最歡喜的。他非常感謝媽媽給了他這樣的機會，讓他可以像小時候一樣，每天膩在媽媽身邊，他很珍惜也很感恩。

老人們就是這樣，像一棵棵冬天的樹，孤獨中有點淒涼。每個人會因身體的老化所帶來的病痛，感到傷心難過。也會因為這些苦痛，讓情緒變得易怒、固執、沒有安全感，甚至偶爾還會有一些讓親人很為難、很無奈的行為。

儘管每個老人背後的故事不同，但相信這些大都與老化有關。所以盼望為人子女的，在不同的角度中，都能以同理心來相待，多給長輩一些尊重和寬容，讓他們感受到那份來自親情上的陽光，即使在冬天，也是溫暖無限的。而這些溫暖，就足夠讓他們安享晚年。

107.9.2

用信表關懷

昨天到郵局去劃撥，正好遇上鄰居陳大嫂也要到郵局，一路上我們聊了起來。

她的公公九十多歲了，和菲傭一起住在南投鄉下。一開始她想把公公接來台北一起住，這樣照顧起來比較方便。但公公才住了幾天，就吵著要回鄉下，因為台北人他都不認識，找不到講話的人。他堅持要回到自己生長的地方，那裏有他熟識的鄰居，還有他念念不忘的家園，以及可以種些蔬果的土地。

陳大嫂夫婦只好把他送回鄉下，並請了一個菲傭幫忙照顧。雖然他公公九十多歲了，但行動自如，就是耳朵重聽些，但身邊有個人來照顧，他們就比較放心。

幾年前陳大哥還在時，他們夫婦每隔一陣子，就會回鄉下陪老爸住一陣子，陪他下棋聊天，陪他動動手活動活動，在屋前屋後種些蔬菜，讓老公公每天過著很快樂的田園生活。

自從陳大哥過世後，陳大嫂還是常回去看公公。儘管她有大伯，也有小叔，但大家都説很忙，要照顧孫子，沒有時間照顧老的，她只好多花些心思在公公身上。

她覺得公公年紀大了，要撫平失子之痛很難，畢竟老來喪子是人生的最痛。所以她非常願意在有限的能力之下，為公公做些自己能做的，就算替老公盡些微薄的心意，來回報父母的養育之恩。

她每天一通電話，透過菲傭瞭解公公的狀況。由於公公有聽力障礙，打電話給他都講不清楚，所以她改成每日一信，因為公公眼力不錯，她希望透過書信，讓公公每天都可以收到她的關懷。

為了讓公公天天開心，她的信除了基本的問候語之外，還會加些有趣的童言童語，還有一些有趣的新聞趣事。她認為只要公公看信開心，她很樂意搜尋一些有趣的資料。

她覺得自己很幸福，年紀大了還有個老公可以關懷。每日一信成了她們彼此最深的關懷，她很樂意繼續寫下去，她相信天上的老公會很支持她的。

105.12.13《人間福報》

白飯加眼淚

那天中午在工作地點，接到某醫院急診室打來的電話，說我家老爹摔倒在路邊，被路人叫救護車送去醫院，要我儘快趕到醫院。

我雙手顫抖，腦子一片空白，好像有什麼事要發生，因為這是他一個星期之內的第二次摔跤。他被醫生列為摔跤的高危險群，出門卻不拿拐杖，如今又進了急診室，會是什麼狀況？

懷著恐懼緊張的心來到急診室，他的傷口已縫好，醫生表示一切還好，可以出院了。

走出醫院時已是下午三點多了，他說想吃「三寶便當」，我買一盒給他，另一盒只裝一碗白飯。我驚魂未定，實在想不到給自己買什麼。

坐在椅子上，看著他大口大口地扒飯，我那顆忐忑的心終於安定下來，然後才意識到自己好餓，邊扒飯邊滴下感恩的淚。

雖然一盒白飯沒配菜，但知道他已平安，吃起來特別美味。

106.12.22《聯合報》應徵「最美味的便當」

吃原味最好

又再一次地爆發食品添加了對人體有毒的化學物，麵包如此，食用油也一樣，逃不過黑心商人為了牟取暴利，不擇手段的惡劣行為。

每次看到這樣的報導，身為消費者及必須掌廚的我，除了無奈之外，覺得自己的責任更加重大，因為在生活裏，好像毒無所不在，而如何讓一家人吃得健康，成了我每天必須注意的課題。

為了保持食物的新鮮度，我習慣家人需要多少就準備多少，不喜歡把食物儲存很多天，畢竟食物冰得越久，新鮮度就越差，營養也會流失。肉類如此，魚也一樣，盡量三、兩天就吃完。烹調也以最簡單的方法，只加天然的蔥或薑作配料，用蒸或水煮，絕不加任何加工過的配料。

至於蔬果之類，也以最天然簡單的方法處理，除了多清洗幾遍之外，蔬菜大部分都以汆燙為主，只加少許的油和鹽。水果也一樣，洗好後直接吃，不加別的粉或沾醬，一開始家人覺得這樣吃起來沒有什麼味道，不如外面的東西好吃，但日子一久，漸漸習慣了，反而覺得這樣吃很清淡，很有原來的味道。

我常覺得，在黑心貨充斥的今天，要吃得健康，要吃得安心，就只好從自身做起，要多花些時間和精神選購食物，處理食物，保持食物原來的味道，不加工，不加料，唯有這樣才能在享受美食之餘，還保住了健康。

102.11.23《自由時報》應徵「食安風暴如何吃出健康」

好吃不過蛋炒飯

那天在高雄，因班車延誤，回到娘家時已是午後三點了。九十五高齡的老媽，知道我還沒吃午餐，急著要下廚幫我做飯。我告訴她，天氣這麼熱，光喝水就飽了，所以不想吃。

她一聽我不想吃，連忙說：「人是鐵，飯是鋼，不吃怎麼行？」於是打開冰箱找食材。我掀開電鍋，看到一些剩飯，連忙說：「好久沒吃您炒的蛋炒飯了，就吃蛋炒飯吧！」

她聽了後，連忙拿了幾根蔥切成蔥花。接著在熱鍋上放些豬油，把一小撮櫻花蝦爆香。再把剩飯倒入，翻炒幾下。當飯香飄溢時，把打好的蛋液澆在飯上再翻炒。

當蛋熟透時，淋上少許的醬油，讓白飯變成淡褐色時，再把蔥花撒下拌均勻，就盛在瓷盤上，一盤色香味俱全的蛋炒飯就能上桌了。

嘴裏嚼著香Q又充滿香氣的蛋炒飯，讓我想起了小時候吃蛋炒飯的情景。以前家裏養著兩隻母雞，母雞生蛋後，一部分留著孵小雞，小雞長大賣錢貼補家用，另一部分的蛋就留著做料理，為三餐加菜。媽媽喜歡把蛋打好後，加上切碎的芹菜、蔥花、紅蘿蔔。她表示這樣的煎法，可煎出不同口味的蛋，好看又好吃。

上學要帶便當，媽媽就常準備蛋炒飯。蛋炒飯所以好吃，是因為每粒飯都有裹上蛋和醬油以及蔥花。一口飯裏有這麼多種味道，嚼起來真是滿口芳香，越嚼越順口，越吃越好吃，想想人間美味非它莫屬。

我常覺得，在那物資缺乏的年代，一個貧窮的家庭，要養大六個孩子不容易。幸好媽媽能善用資源，展現智慧，可以用一顆蛋，炒出好幾個便當，讓每個便當因有蛋香變得好吃。因有蛋的美味和營養，讓我們個個健康成長，而且還有個充滿香氣的美好童年。

雖然蛋炒飯在貧困的年代，是許多人的美食，但在豐衣足食的今天，或許有很多人已記不得蛋炒飯的風味了，而我對它總是情有獨鍾。

真沒想到因為班車的延誤，讓我有機會再一次吃到老媽媽的蛋炒飯，讓我回味無窮，也讓我感激無限。

106.12.12《人間福報》

另一種母愛

這些年公司體恤員工的辛勞，都會在連續假日時辦郊遊活動，讓員工可以攜家帶眷共同出遊，讓大家透過郊遊來放鬆心情、減低工作壓力。最最重要的是，大家有了這個聯誼，多了互動，對彼此會有更多的認識，不僅成了好朋友，也無形中增加了更多的工作效率。

有一次我看到四十多歲、一臉憨相、不愛說話的雄仔，帶著女兒小玲來參加，兩年不見的她長高許多。已經國三的小玲，長得眉清目秀，甜甜的臉蛋上總是嘴角上揚，見到長輩都會打招呼，是個討喜的孩子。每次看到她，大家都會說：「雄仔把她照顧得真好，小玲真是個幸運的孩子，才能遇上雄仔這樣的大好人。」

十二年前，當時四歲的小玲，每天中午跟著媽媽到雄仔上班的辦公大樓底下賣便當。由於中午買便當的人多，媽媽很忙，小玲不是哭鬧就是亂跑，每次要買便當的雄仔看到了，會抱抱她或帶著她到附近的便利商店，買個糖果給她，讓她安靜下來。

雄仔的熱心相助，讓小玲的媽媽張潔很感謝。日子一久，雄仔知道張潔的老公是混黑道的，在一次火拼中喪生了。無一技之長的她為了生活，就帶著小玲幫自助餐賣便當，這份工作雖然時間很緊湊，但是可以把女兒帶在身邊，這對並無親人的張潔來說，再適合不過了。所以她每天帶著女兒，在中午和傍晚賣便當，不但有收入，還有老闆免費提供的三餐，這樣的待遇對她們母女來說，可說是最好的選擇了。

雄仔知道張潔的遭遇後非常同情，只要中午沒事都會下樓幫忙，漸漸地彼此有了愛意。小玲六歲那年，張潔經常感到身體不適，吃不下還有嘔吐的情形。這一切看在雄仔的眼裏，很不捨也不忍，張潔在雄仔的鼓勵和相助之下，檢查了身體，結果是張潔最不願意見到的。

在進出醫院的半年裏，張潔不只一次地對雄仔表示，自己最放心不下的就是小玲，這麼小就無依無靠的，真恨自己當初為什麼要生下她，否則就沒有今天的虧欠和遺憾。

雄仔為了安慰她，每一回他都會牽著她的手告訴她，他會把小玲當親生女兒扶養長大。或許物質上他不一定能給她那麼好的，但他會給小玲雙倍的愛，父兼母職把她照顧好。

張潔有了雄仔的承諾，放心了不少，當然也會不斷地告訴小玲，假如有一天媽媽不在時，要把雄叔叔當作爸爸和媽媽，要聽他的話，做個乖女兒，這樣才對得起雄叔叔。

雖然張潔的話對一個六歲的孩子來說，是有點壓力和沉重的。但或許是遭遇坎坷的孩子，會比一般同齡孩子成熟，所以每次小玲聽了媽媽的話，都會含著淚猛點頭。

張潔走後，雄仔帶著小玲同住，逢人便稱她是女兒。為了讓小玲不感到孤獨，他陪她到圖書館看書、陪她到公園和其他孩子一起玩。小玲上學後，雄仔會去找導師，把小玲的狀況告訴老師，請老師多關照。畢竟自己是個男人，怕有對孩子照顧不周的地方。

他就是這樣，為了不辜負張潔的託付，也為了讓小玲有個正常安全的家成長，他事事用心良苦。最近幾年小玲慢慢長大了，雄仔會不停地向我們這些婆婆媽媽請教要如何面對正在青春期的小玲，每一回大家都會提供一些寶貴的意見，讓雄仔可以有所選擇。畢竟每個孩子的個性不同，適合小鳳的，不一定適合小玲，這些就需要靠雄仔的智慧。

小玲就在雄仔的照顧下順利地成長。已經國三的她為了不讓雄仔操心，很潔身自愛，十分用功讀書，成績一直很優秀，是個品學兼優的好學生。

記得每年的母親節或父親節，小玲一定要把雄仔請去學校，把雄仔介紹給所有的老師和同學，告訴大家這位是她的爸爸或媽媽，她是他養大的，然後在眾人面前向雄仔深深一鞠躬，讓雄仔很感動。

我常想，小玲的這一鞠躬是應該的，證明她懂事知恩。至於雄仔也是受之無愧，因為這一路走來確實不容易，尤其對一個男人來說是甘苦備嘗。

107.4《警友之聲》

白髮捐血人

每次從傳播媒體中看到呼籲捐血的消息，或報導某個團體集體捐血的新聞時，我就會想起那位曾經躺在我隔壁床的白髮捐血人。

記得那是兩年前的冬天，那天剛好是寒流來襲，台北的天空又冷又濕，氣溫只有十度左右，路上行人極少。捐血中心也不像往常捐血者不斷，除了幾位護士之外，還有兩個年輕人，一個已捐好血，正在休息看報紙；一個還躺在床上採血；另一位就是正在量血壓的我。

當護士小姐幫我做好捐血前的動作之後，走進來一對夫婦。從他們類似搜尋的眼光，以及有點緊張的神情，我猜想他們是第一次到捐血中心。

走在前面的先生矮矮胖胖的，黑白綠條的長圍巾，一邊垂到他微凸的腹上，那深咖啡色的夾克，對他來說是嫌小了些，拉鍊是開著，黑色西裝褲下是一雙有亮光的黑皮鞋。一副憨厚的富泰相加上滿頭的白髮、遲緩的動作，看得出他是有年紀的人了。

跟在後面的太太也是滿頭銀絲，燙得有點捲。衣著樸素，府綢藍底碎花的棉襖，配著藍色盤花扣，看起來很高雅。尤其是同一色系的長褲和繡著花兒的布鞋搭配，更顯得別緻溫暖。

她溫和親切的笑容，散發著慈暉，讓人覺得她是愛心滿滿的人。依她的外表來看年齡，應該是超過捐血規定的。未等護士小姐開口，老先生先開口道：「內人想捐血，請幫她檢查一下。」

護士小姐雖有點訝異，但仍笑著說：「先生！捐血的年齡是不能超過六十歲，女性體重不能少於四十五公斤，還要血壓正常，身體健康。」老先生聽了急忙回答：「她才五十九歲，體重也是夠的。」

這時太太也湊上前表示：「對呀！我雖然看起來瘦瘦的，但我身體很健康，您就讓我達成願望吧！」她那不太靈光的國語，是掩不住她特地來捐血的熱誠，以及她對自己身體健康的信心。

護士小姐就在他們夫妻一唱一和之下，開始幫她測血紅素、量血壓、量體重。護士小姐每做完一個動作，他們夫妻就急著問：「怎麼樣？可以嗎？」看起來很緊張的樣子。

當護士小姐告訴他們一切正常，可以捐血時，他們先是愣了一下，又突然地拉起對方的手，高興地掉下淚來。當太太躺在捐血床上時，老先生又跟著過來。因她穿得多，袖子裹得緊緊的，護士小姐採血很不方便。老先生看到了，立刻為她寬去棉襖，再把毛衣、衛生衣的袖子往上挪，讓護士小姐方便採血。看他貼心的樣子，就可知道他們夫妻有多恩愛。

護士小姐在那白皙又瘦長的手上，翻來覆去希望能找個容易採血的血管，偏偏她的血管又細又沉，讓護士小姐費了很大的勁又捏又拍打，才終於找到被拍浮的血管。護士小姐經驗豐富、動作熟練，一針見血後，慢慢地鬆開她手上的橡皮管，並問她：「會不會不舒服？」也要她不停地做握拳和鬆拳的動作。

那位太太神情愉快地表示自己很好，也很高興有這樣的機會，把身上的血分享給別人。站在一旁的老先生聽太太這麼說，也露出難以言喻的笑容，左手還拉著太太不抽血的右手呢！

躺在隔壁床的我，看著這對老夫妻為了捐血所表現的真誠，真的很感動。尤其是看到那溫熱的血，一點一滴地把扁平的血袋慢慢地注滿時，我第一次體會到生命的意義，和熱血沸騰的可貴。

我常在想，一些年輕人為了逞凶鬥狠，不惜流血喪命，真是糟蹋了寶貴的生命。若是他們能像這位太太捐血救人，那我們的社會將減少許多紛爭，而多了很多溫馨感人的故事。

774熱血66期（轉摘自330中華副刊）

捐血

這幾天外子因病住院，經檢查發現血紅素太低，必須要輸血。在連續的兩次輸血中，看著那來自陌生人的血，一滴滴地流進外子的身體，幫助他恢復健康，我不禁感觸良多，也想起年經時捐血的情形。

二、三十歲時覺得自己年輕，雖然還沒經濟能力去幫助別人，但父母給了我很健康的身體。若把身體上可以再造的血捐給需要的人，想來也是一件樂事。

就這樣，除了生理期，我每隔兩個月就到南海路的捐血中心報到。有時路過二二八公園，看到圍牆下停著捐血車，我也會去捐一下。捐血不知捐了多少年，只知道有領捐血卡及捐血次數多的獎狀。

最近幾年，年紀大了，我不再捐血，但我的孩子長大了，他們也經常捐血。老大及老二是AB型，因為這樣的血型較少，所以有時候有重大意外發生時特別被需要。

記得有一次高速公路發生大車禍，我從電視跑馬燈上看到，目前最缺AB型的血，希望這種血型的人能夠踴躍捐血。看到這消息，我連忙傳簡訊給正在上班的孩子，希望他們能儘快找時間去捐血，好幫助傷者。

我們家就是這樣，只要有機會就去捐血，只覺得那是舉手之勞，從未想過自己的家人，有一天也會需要捐血人的幫忙來保住性命。

在漫漫長夜看著外子的康復是多虧了那些熱心人，我對他們真有說不盡的感激。或許他們在捐血時，跟我當時一樣，沒什麼特別的想法，可我多麼希望讓對方知道，在某個夜裏的急診病床上，有一個老人因他的一袋捐血，而燃起希望，也給家屬希望。

真沒想到曾是愛捐血的我，是在這樣的時刻，才體會出「捐血一袋、救人一命」的真正意義。

106.11.28《聯合報》

親情是無價的

雖然一直以來您從未叫我阿月，都叫我「越南仔」，但我還是要尊稱您「媽媽」，因為您是我婆婆、是我老公的媽媽、是我孩子的奶奶，我們是一家人。

記得十多年前，阿雄由仲介帶來越南相親，當他相中我時，我是高興的。因為您願意給我家二十萬的聘金。二十萬對當時的我家來說，是天文數字。家裏有了這些錢，媽媽可以治病、弟弟妹妹們可以唸書，這是身為長女的我，為沒有爸爸的家庭唯一能做的。

和阿雄沒說過幾句話，不到一個月的時間，年僅十八歲的我，就飄洋過海的來到人生地不熟的台灣，當了您的媳婦。雖然我會說一些簡單的國語，但是聽不懂台語，偏偏您是說台語的。不過我告訴自己要認真地學，這樣和您互動比較方便。

進了您家才知道阿雄離過婚，沒有固定的工作，但這些我都不怕，我相信只要努力工作，一家人平安，日子是可以過的。剛到台灣，我早上都到菜市場幫您賣菜，收攤後再到自助餐當洗碗工，並把每個月的薪資都交給您。這些行為讓同是來自越南的姊妹們覺得不可思議：為什麼不留一些當零用？我的回答是，要感謝您幫了我家大忙，所以我應該這樣做。

在這裏我是以感恩的心努力工作，但始終得不到您的接納，因為您很在意那二十萬聘金。兩個兒子陸續出生後，我要帶小孩還要工作，我從無怨言。有次感冒，全身痠痛起不來，您還是要我做午餐。我勉強地起身，雙手扶著牆壁走到廚房，煮了餃子讓全家吃，您卻說我是在裝病。那一刻我很絕望，因為我看不到我人生的希望。

對阿雄和兩個孩子，您都疼愛有加，看得出您是愛家的人，但為何不曾把我當家人？每次不管是孩子或鄰居提到我時，您都說：那個越南仔。您不知道我聽到了心有多痛，或許您並無惡意，但真的對我很傷。

媽媽！我從越南來，成了您的家人，我無所求，只希望往後在孩子面前幫我留點尊嚴，別再叫我越南仔。這樣不會傷我，也不會傷了孩子及一家人的和氣。

雖然二十萬可以買很多東西，但它卻買不到親情的和樂。畢竟，親情是無價的，難道不是嗎？

107.5.24《聯合報》本文獲「願景工程世代共好」徵文金榜

老媽的日記

媽媽今年九十六歲了，自從爸爸驟逝後，我才驚覺與父母相處的時間不多，於是從那時候開始，二十多年來，我每個月都會從台北回南部的美濃看媽媽。每一次我回去，她都會說：「一條路這麼遠，妳不要常回來，車錢很貴的。」「花點錢能看到媽咪，又可以陪您吃飯、聊天，還可以同床而眠，太值得了，一點都不貴，是很便宜的。」我總回以撒嬌搪塞。

儘管二十多年來我們母女見面，她都會說同樣的話，但從她九十五歲的後半年，這句話不再說了。那天和她一起用完午餐，要搭車離去時，我說：「您去睡個午覺，睡醒了，我就到台北了。」

回到台北後，我立刻打手機給她，告訴她我到家了。這回她不像過去，一直感謝我大老遠回去看她，她反而說：「妳怎麼好久沒回來了，很忙嗎？」我說：「我昨天才回去的，您忘了？」她又說：「妳真的很久沒回來啦！」那一刻我的心揪了一下，我知道該來的還是悄悄地來了，媽媽已經開始有輕微的失憶了。

為了降低她失憶的速度，我想到我曾經看過的一部電影。劇情是一位女孩因為車禍，忘了過去的事。媽媽為了讓她恢復記憶，給了她一本本子，要她想寫、想畫什麼，就隨心所欲地寫寫畫畫，最後真的恢復記憶了。

我想這個方式不錯，就給媽媽一本日記本，要她把每天的事都記下來，記多少算多少，不勉強。她念過小學，會日文，簡單的國字大部分會寫，我希望她透過寫，來讓手腦靈活。記得第一天，她無措地問我要寫什麼，我說寫什麼都好，例如：今天吃了什麼，或看到什麼，或是遇上什麼人，都可以寫。剛握住筆時，她表示手指卡卡的，我要她慢慢來，多握幾次就順手了。於是她寫下：今天老大回來教我寫字，有帶布丁，有給我一個としだま。我問她寫的那些日文是什麼意思，她說是紅包啦！

就這樣，媽媽每天用她的方式寫日記，裏面有國字、有日文，還有她自創的塗鴉。每次回娘家，我們母女就一起看日記，我看不懂的就請教她，有時她也會忘記自己寫的是什麼。此時我就用她的塗鴉來引導，結果她告訴我：那天鴨子生了兩個蛋，這天她去剪頭髮，昨天在報紙上看到菲哥，前天又從收音機裏聽到美空雲雀的歌。

諸如此類無奇不有的故事，會出現在日記裏。真沒想到當初讓媽媽寫日記，是想讓她動動腦、動動手，來延遲老化，沒想到我卻意外地發現她的生活點滴，和她畫的畫及一些她湊出來卻筆畫正確的國字。

她也因寫日記，把很多過去的事和近日的事，都連結起來了，真是有趣的收穫。

107.3.14《聯合報》

兩條菜瓜布

自從爸爸驟逝後，我才警覺到，父母的健康不能等，所以從那以後，二十年來，每個月我都從台北婆家，回美濃娘家看媽媽，陪她幾天再回台北。

每次要回台北時，媽媽一定要我帶點東西回台北。在媽媽的觀念裏，女兒回娘家，要離開時就是要帶點東西，不管帶什麼都好，那是對女兒的一種愛意，因為女兒在父母的心目中是一塊心頭肉，不是潑出去的水。

就這樣，每次我要回台北時，她就會找些東西讓我帶。我常告訴她，我住台北買什麼都方便，「超市」就在我家樓下。不像鄉下地方，要買顆蛋都要走很遠很遠的路，所以我不想帶，省得讓她操煩。

我的說法她不認同，以為我客氣或偷懶，她常說：「人到東西就到了，不會麻煩的啦！」我就這樣一次次地在盛情難卻之下，帶著她給我的東西。

有時候她在屋後桂花樹底下種了一些地瓜葉，會摘兩把給我；有時鄰居送她兩顆芭樂，會分我一顆；偶爾會給我兩包小餅乾。

如今種桂花的地建房屋了，她不再種地瓜葉。已經九十幾歲的她，每次我回家時，就在為要送什麼給我而傷腦筋。她總是說：「我年紀大了，一無所有，妳那麼遠回來，沒什麼東西好給妳，很不好意思耶！」

每次她這麼說，我都會告訴她，您是世界上最富有的，有健康的身體，那是最珍貴、最無價的。其實我什麼都不要，只要有個健康的媽媽，可以讓我常常去看她，就是天大的福氣了。

那天回家我要離去時，她東張西望，想找個東西送我，忽然發現窗口吊了兩條菜瓜布，那是前陣子剛摘下來的，曬得又白又乾，很漂亮。她說：「這兩條妳就帶去吧！刷刷洗洗很好用的。」

到了高鐵站，有位媽媽看到我的菜瓜布，搖了搖頭，表示搭高鐵還帶那麼粗俗的東西，真不值。

我聽了嘴角微揚，很想告訴她：這是我高堂老母從田裏提回來後，經過撥皮、敲果肉，然後不斷地沖洗，再曬太陽，才有這麼漂亮的菜瓜布。我帶的不是菜瓜布，是一份母親無盡的愛。

但我沒說出口，只想讓那份愛深藏內心深處。

106.6.26《人間福報》

剃頭趣事

趁端午節回鄉下老家，和堂兄弟姊妹相聚聊天，聊到後來，他們很認真地問我：為什麼才念小學三、四年級，就敢拿剃頭刀幫弟弟們剃頭呢？

我愣了一下，把時光倒回五、六十年前。當時有一部台語黑白喜劇片《菜刀、剪刀、剃頭刀》，是敘述一些從唐山到台灣的人，身上只帶了這三把刀，就在台灣立足、闖天下的故事。

有人利用剪刀，做布行買賣的生意；有人擺攤，用菜刀做賣魚賣肉的生意；有人用剃頭刀，經營理容業的生意。每個人為了生活，都努力工作，在過程中還發生一些令人哭笑不得的趣事。

當時學校為了慶祝台灣光復節，特別免費讓全體學生欣賞這部電影。雖然是台語片，我們這些客家庄的孩子也聽不懂台語，但只要畫面中，出現逗趣的表演，我們就笑得東倒西歪。

在電影中我最欣賞以剃頭維生的主角，他好像是矮仔財飾演的。他個兒矮矮的，開了一間小小的剃頭店，假如來了高個兒的客人，他就搬來矮凳子墊腳，舉手投足充滿喜感。不過不管客人是大鬍子，還是理光頭的小孩，他的剃頭刀只要一出鞘，就能讓人容光煥發。

我很喜歡他每次幫客人剃頭前的動作，那就是稍微把自己的兩手沾濕，然後從耳邊把兩邊的頭髮往後一撥，再照個鏡子。那動作超得意的，自我感覺非常良好。接著把剃頭刀在小腿上左右比劃一下，伸個舌頭，墊個腳，然後再剃頭，沒一回兒功夫，頭髮就被剃得乾乾淨淨。他動作乾淨俐落又滑稽，讓全場笑聲不斷。

或許是這部電影的剃頭畫面讓我印象深刻，所以每次媽媽幫弟弟們剃頭時，我都會很好奇地蹲在旁邊看。

每當弟弟在門檻上坐定時，媽媽就搬來小矮凳，坐在弟弟的後面。她先在手上抹些濕肥皂，再往弟弟頭上按摩一下，當頭髮濕了，就把剃刀從頂上往下剃。後面剃好就轉過身來剃前面，大弟剃好換二弟。

由於經常看媽媽幫弟弟剃頭，感覺好玩又沒什麼困難。十歲那年夏天，有一天媽媽不在家，我就把兩個弟弟找來，並告訴他們，我要幫他們剃頭。剃好後每人給一顆沾了白砂糖、如拇指般大的小圓糖。

大弟先坐定後，我照著媽媽的方法開始剃頭。一開始還好，滿順利的，但剃到一半時，他開始坐不住了，一下子扭動身體，一下子又說：「好痛！好癢！」我知道天氣熱一直流汗，剃頭會很不舒服。我邊安慰他，邊小心翼翼地由上而下慢慢地移動剃刀，還不時地用嘴幫他吹個風，讓頭皮舒服些。

為了安全，我放慢動作，弟弟坐不住、忍受不了了，他告訴我要休息一下，我只好答應。就這樣，他頂著剃到一半的頭，在三合院和堂兄弟們追逐，玩得好不開心。

大弟起身後，換幫二弟剃，剃到一半時，他也吵著要休息一下。他離開後我又把大弟叫回來，繼續把未剃完的半邊剃完。就這樣，兩個弟弟頂著半邊髮，在禾埕嬉戲的情景，一直成為家族們茶餘飯後的趣談。

如今他們都當阿公了，每次談起此事，他們都會摸摸頭相視而笑。因為他們實在想不出，當時小小年紀的我，怎麼會那麼大膽，把他們當小老鼠來實驗。畢竟剃刀很利的，一個閃失就有可能會讓人破相。

每次我聽了，只有哈哈大笑，始終不敢告訴他們，我是看了《菜刀、剪刀、剃頭刀》的電影，才有這個勇氣的。

106.8《講義雜誌》

眨眼睛

認識H後，他很喜歡一天到晚往我家跑。家裏是大家族，幾代人住在三合院，家裏只要來個陌生人，很快地左鄰右舍都會過來「看看」。一方面表示歡迎，另方面是想來瞭解狀況，再來個品頭論足一番。

每次他來，家裏就聚了一堆長輩和晚輩。大家輪流問他一些有的沒的，好滿足好奇心。為此我們兩個連說話的機會都沒有。見面沒有機會說話，又沒有手機可聯絡，他終於想出一個辦法，那就是眨眼睛。

當他在眾家人面前對我眨眼睛時，表示我們要出去看電影或逛街，所以我要儘快去換件衣服，或帶點什麼。我準備好後，又對他眨個眼睛，表示萬事皆備，然後我們相繼外出。

就這樣，我們一直用眨眼睛瞞過許多親友，去完成我們的約會，直到變成一家人。

106.8.20《聯合報》

通鋪歲月

每次在電視上看到做「榻榻米」的廣告，我就會想起以前一家八口同睡在通鋪上的日子。

那時候家裏很窮，只有三間泥土地的小房間。一間是客廳兼餐廳，房裏有桌椅還放了一些農具，收割時節也會放些穀糧、地瓜或餵豬的豬菜，另外靠牆的地方還掛了兩支不長的竹竿，方便雨天時晾衣服。整間房間看起來不像客廳，卻很像倉庫。

一間是有雙口灶的廚房，它有儲水大缸、有浴室、有個木製的小碗櫥、有兩個放豬食的餿水桶，還有屋角專放柴火的小窟。

另一間臥室，是全家人睡眠的地方。由於房間不大，家裏人口又多，父親想出最好的方法，既可讓全家人睡在一起，又可省下買床鋪的開銷，於是做成通鋪。整間屋子除了開門的地方，其餘的部分都鋪上榻榻米。

就這樣，我們六姊弟有個大床鋪可翻滾，邊玩邊聊天，聊功課，聊學校的趣事，聊累了或躺或臥，不一會兒就睡著了。雖然父母有規定我們每個人睡覺的位置，但聊累了，眼睛一閉，就忘了自己該睡哪兒。

因就地而睡，所以東倒西歪，每個人睡姿不一樣，方向也不同。每天晚睡的父母上床時，就會把橫豎亂睡的我們，一個個抱好排列整齊，免得有人蓋不到被子，或把腳橫跨在別人頭上。

每天晚上這樣的情節都會上演，雖然父母很累，但從未責怪，只是默默地看著我們一暝大一寸。

我很喜歡一家人同睡一張床的感覺，大家有說不完的話，相互關懷，相互照顧，一家人的心緊緊繫在一起，集合成一股對家的強大的向心力，那感覺讓人感受到家的溫暖和親情的可貴。

當我們姊弟慢慢長大，陸續地外出就學就業時，通鋪變大了，每個人能睡的位置變寬了，但我發覺少了很多樂趣。吵吵鬧鬧、相互丟枕頭的趣味，也不再重現了。

雖然過去家裏經濟不好，一家八人必須擠在一個通鋪上，但我卻很懷念那種家的感覺，全家人能同床而眠的溫暖日子。

107.1.3《人間福報》

一束馨香

記得幾年前鄰居高爺爺過世時，他的幾位子女，為了要在靈堂內擺設什麼價格的花籃爭論不休。

有的人說：「花籃只不過擺兩天，裝飾一下而已，爸爸又看不到、聞不到，何必買高檔的？更何況說不定這些所謂高檔的花，是從上一場的告別式裏搬過來的，這樣不是花冤枉錢嗎？」有的則說：「他生前你們就沒人送過一束花給他，現在送再貴重的花也無意義了。」

當下看到這些子女為了撐場面的花價弄得很不愉快，讓我感觸很深，也從他們看似有理的對話中，得到很大的啓示。那就是趁著父母健在時，獻上一束花，絕對絕對要比他們走了，再擺上一長串的名貴花籃，來得更實際、更讓他們開心。

從那以後，每次回家看媽媽，我都會隨手獻上一束花。有時在花園裏剪一枝茉莉花，配上一枝紅色玫瑰，清香淡雅；有時摘上幾朵米白色帶著綠葉的玉蘭，放在小盤子裏，同樣讓滿屋芳香。春天裏各種色彩的長壽花到處綻放，它花期長又好照顧，我會帶兩盆回家，粉色的放在茶几，金黃色的放在她的床頭櫃，讓她走到哪兒都能欣賞到花兒盛開，帶來好心情。

每次獻花給媽媽，她都滿臉喜悅，除了稱讚花香花美之外，就會說：「怎麼這麼多禮數啊！花很貴的！下回不要再破費了。」我告訴她：「因為很愛媽媽，所以自己種花來讓媽媽分享。」

每當我獻上花束時都會說：「媽咪唷！我愛您唷！」九十六歲高齡的她，一定會回說：「我也愛妳呀！而且愛妳更多唷！」每次我聽到媽媽這麼說，我會拉著她的手或擁抱她，因為她說得太對了。畢竟，從她的回應中，我可以很放心，她的反應智力沒有因年長而受影響。

我一直很樂意為老媽媽做點小事，不管是一束花或一份小點心……只要能讓她高興，能聽到她開心的笑聲，就覺得非常值得。我常想，這些讓她窩心的小事，現在做要比以後做更好。

107.9.20《聯合報》

第三輯

我覺得自己好幸福

尊嚴是咬牙換來的

每次去爬山，我最愛聽江大哥説他的人生故事。已經八十歲的他，身體健康，樂觀開朗，而他的人生故事是坎坷多舛，卻也精采無比。

六十年前，來自南部貧窮家庭的他，順利地考上台大法律系，一家人把希望寄託在這位家中唯一的男丁身上。為了栽培他，全家人省吃儉用，指望有朝一日他能改善家中的生活。

雖然他學的是法律，但畢業後卻從事貿易，因為女朋友家是開貿易公司的。由於女方家長相信他會是未來的女婿，所以對他厚愛，給了他總經理的職位。但世事多變，五年過後他愛上了別人，從此離開了公司，進入沒有感情基礎的婚姻。

婚後因工作不順，加上有兩個五、六歲的兒子，家中的負擔大，讓夫妻爭吵不斷，最後婚姻沒了，卻有兩個兒子。為了能照顧稚子，他咬著牙去做不是自己專長的工作，幾次失敗後，他選擇開計程車。因開計程車時間可控制，白天可接送孩子上下學，晚上可以陪孩子做功課。

然而曾經是個總經理，忽然間要去開車做生意，對一個愛面子的人來說，是掙扎、是猶豫，但他認為自己已經一無所有，哪還有尊嚴可言，只要能生活、能讓兒子順利成長就OK。白天他利用孩子上學後去開車，夜裏孩子上床後，他再開個幾小時，收入不多，但父子生活無虞。

由於開計程車，什麼樣的客人都會遇上。一開始，他很忐忑不安，很怕遇上認識的人，所以都戴著墨鏡。只要發現揮手招車的人是認識的，他就裝著沒看見。這情形白天還好，夜裏天色暗，那就有躲不掉的尷尬。

曾經有過去的屬下，一上車發現是他，驚訝地問：「你不是江總嗎？怎麼會……」此時他會臉紅得不知所措，客人也不知要說什麼，只好趕快下車。也有過去商場的朋友，搭了他的車後，下車時故意給他大鈔，還不讓他找錢，讓他覺得很難堪。每每想到這些，他會心痛，但還是咬牙撐著。

有一次在黃昏，他載了一個長髮女孩，從一上車，他就從後照鏡中發現，女孩一直在注視他。他開始緊張害怕，他知道最怕發生的事終於來了。原來這女孩是前女友的姐姐。

這位姐姐認出是他，好像逮到千載難逢的機會，可以為妹妹出口氣。她不停地怒氣數落他，不管是無情無義，還是報應、活該……都如利刃般刺著他的心。他自知理虧，除了掉淚，他什麼都沒說。她付了錢下車後，還敲了他的窗說：「你還真夠無情，連對她的一句問候都沒有。」

那一次，他沒有立刻回家，把車子開上陽明山，在以前和前女友常來的地方放聲大哭，哭過後他覺得心中輕鬆多了，因為最殘酷的事已經過去了。

開計程車可以看見人間百態，也可能遇上有緣的貴人。某次載一位先生到機場，結果下車時乘客把一個公事包遺留在車上，當他在回家的路上發現時，邊往回開邊和機場服務台聯絡，最後及時地把公事包交還給對方。

他說他永遠忘不了對方從他手上接過公事包的驚喜，雖然對方塞給他一疊鈔票，想要聊表謝意，但他婉拒了，只留下聯絡電話。兩個月後他接到這位乘客的電話，約他見個面。原來這位乘客是某知名公司的董事長，和他閒聊後知道他的過去，很欣賞他能屈能伸的處事態度，願意請他當貼身秘書。

就這樣，他轉換了跑道。為了進修，他利用夜間讀財經研究所，當兒子的學弟。雖然不再年輕，要工作又要念書，會有某種程度的艱辛，但他還是咬牙克服。不僅要為自己爭口氣，最重要的是不能辜負董事長的知遇之恩。經幾年的努力和學習，他成了董事長器重的左右手，一直工作到退休。

如今的他生活自在，回首來時路，有起有落。他認為能在高處學會謙卑，在低谷時又能咬牙堅持、絕不放棄，是人的一生要學的課題。或許會遇上困難，但終會閃出曙光，讓尊嚴有重現的一天。

107.5《景有之聲》

一個人去巴黎

在辦公室，主任經過我面前，看到旁邊的位置空著，停下腳步問：「小莉沒來？」「是的，去巴黎。」我答。「跟誰去？」他問。「一個人。」我答。他聽我說她獨自去巴黎度假，驚訝地重複大聲說：「一個人，去巴黎？」我點點頭表示，她有一個月的年假，去巴黎自助旅行了。

主任對年僅三十就已經旅遊過二十個國家的小莉的「羨慕」，我可以體會。五十出頭的主任是目前最時尚的三明治世代，雖是雙薪家庭，但薪資不高，加上有失智老母要奉養，又有一雙子女要栽培，沉重的經濟壓力，讓他還沒出過國，所以比起小莉，他是多了一些負擔。

看到小莉一個人去巴黎，也讓我想起幾年前，女兒在巴黎念書時，我也曾在暑假的時候，一個人去巴黎看她。透過網路的便利，我的行程都由航空公司負責安排。哪一天搭幾點直飛法國戴高樂機場的飛機，該班機會在當地時間幾點降落，飛機降落後會有該航空公司的工作人員，把我送到幾號出口交給女兒。

由於事前一切準備周到，所以我就很放心地一個人去巴黎。到了巴黎，女兒每天帶著我四處遊玩。巴黎是法國的首都，也是法國的金融中心，更是世界名牌的集中地。它的面積是台北的三倍大，人口卻有五倍多。巴黎地鐵四通八達，在每個景點都有出入口，非常方便。

巴黎因精華匯萃，可以參觀的地方太多，於是我們把適合白天參觀的地點排在白天，適合夜間的就利用晚上。白天我們母女搭地鐵去參觀巴黎最大的教堂——聖母院。它建於九百多年前，是哥德式建築，外觀宏偉，內面的玫瑰窗是五顏六色的玻璃鑲成的，置身其中會有進入鑽石的世界的感覺，很夢幻也很真實。

羅浮宮是世界最偉大的博物館，裏面展覽著來自世界的名畫、雕塑、攝影作品……種類之多令人目不暇給。入門處的玻璃金字塔，是華裔建築師貝聿銘設計的，它是名聞遐邇的羅浮宮標誌。

夜裏我們去小丘廣場，這裏有好多來自世界各地熱愛藝術的創作者，把廣場當畫室，盡情地在畫紙上揮灑屬於他們的夢想。廣場的四周小酒館林立，有家約四坪大的小酒館，很多酒客坐在吧檯上，手持一小杯酒靜靜地品嚐，他們紳士般的姿態很優雅。這家店很特別，燈光不是很明亮，牆壁和屋頂上貼滿了來自世界不同國家的紙鈔，大大小小、紅紅綠綠，非常壯觀有趣。

有人說到了巴黎不去欣賞「紅磨坊」的表演，就不算到過巴黎，我們當然沒錯過。畢竟它除了載歌載舞的成人秀之外，還有很精采的魔術秀和燈光秀，每個節目都讓人驚歎連連。

遊塞納河也是在夜間出遊會更浪漫。坐在遊輪上從左岸出發，再從右岸回到原點。它會經過三十七座造型不同的橋，橋橋各有不同的特色，有很現代的，也有很古老的。沿途欣賞著兩岸不同的風光，有閃爍的霓虹燈，有車水馬龍的大街，有暈黃造型奇特的藝術燈，處處充滿藝術氣息。

在巴黎除了有參觀不完的博物館，我們也常從凱旋門出發，沿著香榭大道走到協和廣場。它是世界最美的廣場，也是巴黎的核心，一邊接凱旋門，一邊接碧綠的杜樂麗花園。場內除了美麗的草坪和花卉，還有高大壯觀的馬雕像，那躍馬的英姿栩栩如生。廣場上不僅雕像四處可見，廣場的左右兩邊各有一座壯麗非凡的群像圓形噴泉，讓來自世界的遊客流連忘返。

巴黎就是這樣，舉目所見都是藝術品，即使是路邊的椅子、小小的水龍頭，都精心設計、變化多樣，讓人感覺出他們的匠心獨運，巴黎被稱為藝術之都，並非浪得虛名，是實至名歸。

遊巴黎可感受到法國人的悠閒浪漫，在廣場的草坪上，隨處可見裸著上身的女孩趴著在曬太陽，街上的牆壁到處都被畫上不同的畫，大家習以為常，或許這就是藝術之都的特色。

巴黎有遊不完的歷史古蹟，有逛不完的名牌店，值得世人一睹它的丰采。如今拜科技之賜，要旅遊不難，只要透過網路並做足功課，一切準備好了就可以啓程。一個人就可以去巴黎，而且一定會玩得很開心。

107.3《警友之聲》

他們帶著專業趴趴走

家裏的紗門半年來經常出狀況，每當要開門或關門時，手一拉整片就掉下來，往往要花很多時間，不斷地來回推拉，才能恢復原狀。

由於每天要進出，狀況一多，會浪費很多時間，讓人感覺很麻煩。為了把它修好，我曾到街上找是否有鋁門窗店，我想這樣的店一定會修，可惜我找過大街小巷，都沒有發現。

那天我正在納悶這個行業是否已失傳時，在陽台澆花的我，忽然隱約聽到「修紗窗、修紗門」的廣播聲。我好奇地放下工作，趕緊開門去看，結果看到一台小藍色發財車，載著做紗窗、紗門的材料，往我家方向駛來。

我站在門口揮手，車子停了之後，下來一位六十多歲、矮胖的太太，她迅速地進了我家。我把紗門的狀況告訴她，她兩手一推，就把紗門拿下，左瞧右看後告訴我：「齒輪已磨損了，換個新的就好，一扇門八百元。」我點頭答應。

她動作俐落地拆下前後四扇門，並打電給正在停車的老公，還吩咐把工具箱帶來，是要換齒輪。她掛上電話，馬上把門溝清理乾淨，不一會兒滿頭白髮、個子不高的老公拎著工具箱進門了。

他彎下身，太太馬上遞上起子。他卸下舊齒輪，太太又遞上新的齒輪。他換上新的之後，馬上把紗門裝上，左右推一下。太太站在一旁指揮，哪邊高或低就喬一下，老公奉命行事，一切OK。

四扇門就在他們夫妻合作無間之下，只花短短的幾分鐘，就順利完成，不僅為我解決了問題，也為他們帶來收入。

記得有一回去爬陽明山，為了躲一場雨，我們一群人躲進一座涼亭。在涼亭內乍然看到角落裏，有個年約五十、高高瘦瘦的女士，正在幫客人燙髮和剪髮。我們很驚訝，在荒郊野外，沒水沒電的，怎麼會有這項服務？經過詢問，女士告訴我們，她每星期固定來兩天，幫爬山或附近住戶整理頭髮，因為方便，所以生意不錯。

某天上菜市場時，看到地攤上擺了一個手提縫衣機，還有一些針線、扣子和拉鍊、鬆緊帶、手套、袖套。老闆娘忙著換拉鍊、修改衣服，還要應付客人的買賣。雖然很忙，但是生意超好的。

有一次經過東區的一棟辦公大樓，大樓的轉角樹蔭下，有位老先生在地上舖了一塊厚布，坐在小凳上，兩手忙著擦皮鞋、修皮鞋。地上擺滿了需要整理的鞋子，忙得他應接不暇，生意忙到爆。

或許是現代人很忙碌，所以諸如此類需要專業的近距離服務很受歡迎。畢竟它的方便和省時，能滿足一般市民的需求。相信這會為有專業的人帶來無限商機。

106.7.26《自由時報》

台北之晨

二十多年來，我因工作的關係，每天清晨六點鐘以前，就必須騎機車到工作地點。為了安全，我車速都在二十到二十五之間，因為騎得慢，而且習慣騎在馬路邊邊，所以一路上可以看到很多在快車道開車的人所看不到的馬路風景。

清晨出門，夏天還好，五點天就亮了，到處光亮一片，沒有視線不良的問題，所以多了安全感。冬天則正好相反，出門時天還沒亮，到處烏黑一片，寬大馬路邊高大的路樹幾乎把暈黃的路燈遮住了，在有限的能見度下，每一段路幾乎都摸黑前進。也由於天未亮，所以路上車子和行人通常不會很多。

偶爾駛過的發財車，大都是載貨到市場做生意的，他們趁著天亮前，把要賣的貨品載到市場，好擺攤做生意。三三兩兩的計程車，總是放慢速度，尋找路邊揮手的客人。有幾次在某飯店附近，看到一大群穿著奇裝異服的年輕男女，或蹲或站地在路旁等車。當計程車慢慢靠近時，他們跌跌撞撞地起身，想伸手去拉車門，計程車司機看他們東倒西歪的，立刻踩油門揚長而去，讓他們失望地不斷罵三字經。

路旁偶爾會有因工作而晚歸的人，也會有很多趁著清晨空氣好而早起運動的人。有人快走鍛鍊腳力，有人悠閒地吹著口哨，騎著u-bike，騎過一街又一街。雖然每個人運動的方式不一樣，但讓身體健康的目的是相同的。

除了早起運動的人，還有穿著反光背心的清潔人員，他們不分男女，總是在天未亮之前，默默地努力把街道打掃乾淨，給所有用路人一個乾淨美好的環境。

另外，一大早最容易擦身而過的，莫過於騎著機車、後架上掛著兩個大報袋的送報生。他們不管男女，騎車的技術是一流的，腦袋裏像裝了導航器，大街小巷穿梭自如。他們不僅認路能力強，而且記性特別好。雖然每層樓有很多訂户，每一家訂的報紙又不同，他們就是有本事記住而不出錯。

由於路上沒什麼車子，騎起來很輕鬆，所以我喜歡邊騎車邊哼哼唱唱。唱什麼歌不一定，想到就唱，國語的、台語的，我覺得唱得開心就好，但我最愛唱、感觸最深的，莫過於台語的「農村曲」。

或許是它的歌詞所描述的就是我的心聲，所以我特別喜歡。每次唱到「透早就出門，天色漸漸光，受苦無人問，走到田中央……為了顧三餐，顧三餐……」時，我都會很感動。感覺它不僅帶來快樂，還有自我療癒的效果哪！

儘管天未亮，但是經常可以看到身為人民保母的警察先生在巡邏，為全市市民的安全把關。他們有騎機車的雙人組，也有開巡邏車的。他們只要發現有異狀的騎車者，或喝了酒在路邊叫囂者，都會停下來關心，希望能防止一些意外發生，讓市民有個平安之晨。偶爾有救護車呼嘯而過，開車的駕駛也都會往旁邊靠，先讓救護車通過，好儘快去救人。

台北之晨就是這樣，看似寧靜，卻處處充滿了律動。不同行業的人，有不同的工作地點和不同的求生方式。每個人都希望在嶄新的一天之晨，有個美好的開始，讓一天的工作順利圓滿。

當晨光乍現、天色慢慢變亮之後，整個城市就動了起來，公車、機車、自用車、計程車……加上路人，就慢慢地多了起來，馬路上一下子變得人多車也多。

在一天的序幕掀開後，寧靜的台北之晨結束了。接著就是緊張忙碌，熱鬧繁華，屬於台北人的都市生活，就這樣展開了。

107.1《警友之聲》

靠自己努力

念初二時的第一次月考，我的代數考了八十分，是所有學科中最差的。而我鄰座的同學的代數分數比我高，但其他科目的分數則比我低很多。

連續兩次月考過後我發現，她們的代數比我好，是因為她們晚上有去老師家補習。知道這件事之後，我以為補習很神奇，就要求媽媽向叔婆借三十元讓我去補習。

補習時老師教學跟學校一樣，不一樣的就是月考前一晚，老師會出幾道題，讓大家反覆練習，練習會了就提早下課。臨行老師還交代，回家去準備別的科目吧！我不懂老師的意思。

第二天考卷發下來，我發現每一題都是昨晚作過的，這時我才知道補習跟分數的秘密。從此我不再補習，我很後悔也很慚愧自己因無知，而花了父母的血汗錢。

這事讓我明白，要有好成績需要靠自己努力。

106.10.10《聯合報》應徵「補習不補習」

我們都是女人

每次上市場買菜，我都會在轉角的魚攤前駐足，買些需要的魚貨。老闆是一對二十多歲的小夫妻。

男的高高瘦瘦，五官立體，皮膚很古銅，檳榔不離口，很少說話。女的不高，皮膚白皙，說話時偶爾夾帶半句三字經。或許是她身懷六甲，又穿高筒雨靴和防水的長圍裙，感覺上她變得很笨重，工作起來很吃力。

攤子上通常擺著五、六種不同種類的魚，旁邊擺著魩仔魚、各種大小的魚丸和一些甜不辣。

那天我又上前想買魩仔魚時，我看見先生正在後面抽菸，太太正在刮魚鱗，旁邊還站著兩個阿嬤。本想離開不等了，因為我知道要處理好一條魚很麻煩，刮鱗、去內臟、沖洗、包裝都要花費時間，心想等改天再買吧！

正當我要離去時，被隔壁攤賣服飾的老闆娘看見了。她轉過身來，問我要買什麼。我告訴她之後，她動作俐落地拿起塑膠袋，就把我要的魚秤好交給我。

我趁著付錢的片刻對她道謝外，順便說：「有您真好。」她嘴角微上揚表示：「我們都是女人，她挺著大肚子，整個早上忙不完。會擺她們旁邊算有緣，得空時就幫個小忙，沒什麼，舉手之勞嘛！」

走在回家的路上，我不斷地想著「我們都是女人」這句話，感覺溫馨之外，還帶著些許的無奈。

昨天早上出門時，看到樓下張太太帶著小孫子要去上學。小孫子好像在鬧情緒，嘟著嘴，一副不想走的樣子。

我問張太太為何是她送，她說：「媳婦的媽媽最近住院，我要媳婦這幾天下班後，就直接去陪媽媽，這邊不用擔心，我會處理。」

我聽了直說：「您真是貼心的婆婆。」她則苦笑著回答：「誰要我們都是女人哪！」她還表示媳婦平時工作忙，很少回家看媽媽，能夠利用這次機會，讓她們母女好好地聚聚是應該的。畢竟一個單親媽媽，在生病最脆弱的時候，有女兒陪伴會很歡喜。

想想，我們都是女人，大家以同理心相待，多好。

105.11.15《人間福報》

我想擁有自己的時間

好久沒看到陳姐了，那天看到她，不僅氣色好還滿臉喜悅，讓人非常開心。

記得兩年前她老公過世時，她的兒子和媳婦希望搬回來和她同住，讓彼此可以互相照顧，結果陳姐不接受。她告訴兒子、媳婦：「我想擁有自己的空間，希望能成全。」

她覺得結婚五十多年來，一直都在為家人忙進忙出的，從沒有屬於自己的時間。如今老伴先走了，留下她一個人，她正好可去做自己想做的事，過自己想過的生活。

她認為自己住較無壓力，可以自在些，想吃什麼就吃什麼，想睡多晚就睡多晚，一切自由，可以不影響別人。若一家大小同住，想做任何事，都要顧慮很多。畢竟老人的想法和做法，年輕人不一定認同，與其有了磨擦，影響了情感，造成不愉快時再來後悔，就不如事先做好準備，所以選擇自己住。

一開始她把想做的事先做個規劃，依想要的程度依序排列，每星期排六天，留一天自由活動。每隔一段時間，會視情況做調整。就這樣，她每天都有不同的安排，學習不同的技藝，做不一樣的產品，然後把做好的成品捐給慈善機構做義賣，直接幫助弱勢。

讀文學的她，因為工作和婚姻，把自己喜愛的文學荒廢已久，如今正好利用各種讀書會、各種文學課，重新涉入文學。

她表示雖然如今記憶力大不如前，但理解力卻比以前好，所以讀起書來，少了壓力而多了樂趣。尤其是和一些志同道合的朋友一起學習，會有不一樣的收穫。

每個星期三，她和一群人分別到不同的安養院，去幫老人縫縫衣服、聊聊天。總之，她都把日子過得很踏實、很豐富、很有意義。

她覺得一個人想要如何過日子，需要看個人的選擇，選對了天天開心、日日豐收；沒選好不僅日子過得不愜意，還會有沮喪孤獨的感覺。所以能選擇對自己最合適的生活方式，老年生活一樣很精彩。

106.7.25《人間福報》

我覺得自己好幸福

從小我就很喜歡靜靜地聽人聊天，因為在我心目中，聊天的內容都離不開生活的經驗。我常想，若能從別人的聊天中聽到一些好的經驗，讓自己做個借鏡，進而學習成長，這何嘗不是一個很好的收穫。畢竟，寶貴的經驗很多都來自生活。例如：以前在校園中打掃時，有一次無意中聽到陳同學和張同學說：「我每天放學回家，就先把今天老師教的英文單字，寫在小字條上，兩個寫一張，然後貼在家裏的開關上，或大門上、鏡子邊，這樣要按開關、要開門、要照鏡子時就會看到，這樣可增加印象，很快就會記住。」

張同學也說：「地理科要念好，腦袋裏要先有一張地圖，地圖上要有河流、鐵路、重要的城鎮，以及城鎮的特色，只要熟記這些，地理成績要不好也很難。」聽了他們的話，我才知道人家成績好不是沒道理，是他們懂得讀書方法，才能達到事半功倍的效果。

那天到市場買菜，在等賣水果的老闆削鳳梨皮時，聽到隔壁攤兩個老闆娘的對話。身材胖胖、戴著眼鏡、六十出頭的賣女裝的老闆娘說：「每天早上要起床的時候，感覺好痛苦，會覺得自己為什麼那麼命苦，不能像別人可以睡到自然醒。」

此時旁邊賣瓷娃娃、已七十多歲、身體很硬朗的老闆娘說：「我每天一睜開眼就很開心，因為新的一天又展開了，把自己打理得乾乾淨淨後，就可到市場做點生意。我常覺得自己好幸福，活得很有意義，七十多歲了，每天有目標、有工作做，除了換來健康，每個月還有很穩定的收入，這樣的生活多好。」說完還開心地笑著。

無意中聽到這樣一段對話，讓我深深地體會到，一個人生活的態度跟心態息息相關。同樣的工作，有人感覺痛苦，有人卻是樂觀正面，從工作中找到快樂和自我肯定。

從那天以後，我對生活有了新的定義，原來心中要幸福不難。

106.8.21《人間福報》

兩隻老虎

前兩天一群人一同去爬山，大家邊爬邊聊，不知道為什麼聊到了十二生肖。結果就有人談到，聽說夫妻之間會因所屬生肖的不合，而影響婚姻之路，此時張大哥夫妻神秘而笑，讓大家對他們的舉動投以好奇的眼光。畢竟這樣的說法，在傳統的觀念裏，它是存在的，對某些人來說，還是根深柢固的。

張大哥夫妻表示，他們所以會笑，是因為他們曾經因為都屬虎，差一點結不成婚。他們是大學同學，兩人一見如故，很投緣，又有共同的興趣，所以踏出社會後，他們想完成終身大事。

當雙方家長知道兩個都屬虎的人想結婚，每一個人都表示反對，而且理由都是一樣的，那就是「一山難容二虎」。親友們認為，兩隻虎在同一屋簷下，屋頂都會被掀開，婚姻絕對無法有始有終，所以絕不同意。由於反對的聲浪排山倒海而來，造成他們莫大的困擾，但卻阻止不了他們相愛的堅定信心。

為了不讓雙方家長為難，他們默默地選擇公證結婚，等孩子出生了，雙方父母便不再說什麼了。就這樣，他們一直走到現在，今年是結婚四十二年了。

大家聽了都好奇地問他們：「一山真的難容二虎嗎？」他們聽了哈哈大笑。他們表示，每個人個性不同，生長的環境又不一樣，要生活在一起，必須學會寬容。這時就需要有人退一步，只要彼此不堅持己見，磨擦自然就降低。

張大哥打趣地說：「老虎有猛虎、惡虎，當然也有乖乖虎喔！沒聽過老虎不發威，就像病貓嗎？所以呀！兩隻老虎同床共枕並不可怕，我們不是已度過四十多年啦！這就是最好的見證。」

站在一旁的張大嫂只是不停地笑，沉浸在濃濃的幸福裏。其實認識他們的人都知道，張大嫂個性溫和，說話輕聲細語，要說她是老虎，不如說她是小綿羊會更貼切。

或許是她懂得以柔克剛，才讓兩隻老虎一路走來幸福美滿。

106.9.10《聯合報》

童言童語

對不起！我還要開車

每次親友聚會，有親友來敬酒，不勝酒力的我都會說：「對不起啊！我還要開車。」以這句話來拒絕，結果無往不利，而且彼此不感覺尷尬。沒想到這樣的拒酒方式，被常跟在身邊的三歲小魚丸學去了。

那天參加家族春酒聚會，有晚輩來敬酒時，小魚丸搶先說：「對不起！我還要開車。」此話一出，全場哄堂大笑。有人說：「不錯，酒後不開車的觀念已往下紮根，連三歲孩子都懂，真的很不錯。」有人則表示，大人的言行是孩子們的鏡子，所以言談舉止務必小心，免得影響了孩子。

107.3.4《國語日報》

專櫃就是專門賣最貴的

天黑時分，帶著四歲的小梅和三歲的小英，經過一家燈火通明的百貨店門口。

小英指著店問我：「那裏是做什麼的？」我說：「那是賣東西的專櫃。」她又問：「什麼是專櫃？」沒等我回答，身旁的小梅連忙說：「專櫃就是專門賣最貴的東西，這樣也不知道。」我聽完忍不住笑了。

106.4.17《國語日報》

最動人的童話

那天早上，和鄰居小梅要一起上市場，她順便帶著四歲的小龍，到幼兒園上學。當我們到了幼兒園，把小龍交給老師後，要離去時，他忽然拉住小梅的衣角，然後說：「媽咪！你買一個芭比娃娃給我好不好？」

小梅蹲下身子問他為什麼，他回答：「這樣我想媽媽時，就可以抱抱她呀！」

他的話讓在場的人既驚訝又感動，連忙幫他鼓掌。

106.8.5《國語日報》

看見台灣年長的女人

周末讀書會結束後，我們這些婆婆媽媽們，難得地坐下來喝茶聊天。她們自稱是台灣最認命無助的老女人。

其實她們真的年紀不小了，大家都領有免費悠遊卡。她們結婚有四、五十年了，另外陳姐和李姐結婚都超過六十年了。

若以年齡來算，她們子女都已長大成人，無須給予照顧，自己也退休了，應該是無事一身輕的長青族，但是事實卻不是如此。陳大姐的婆婆九十高齡了，雖有請外傭幫忙，但老奶奶還是習慣陳大姐的陪伴，不管吃的、用的都不能假手他人。為了顧好老奶奶，年近八十、有嚴重骨質疏鬆的陳姐，天天忙裏忙外，精疲力盡，苦不堪言。

已七十好幾的張姐雖然沒有了公婆，但她中風的老公卻需要她照顧。老公身材高大、半身不遂，張姐瘦小，要幫老公洗洗擦擦、翻身餵食，實在力不從心。長期的疲憊造成她嚴重的睡眠障礙，以及全身的疼痛。

子女為了她的健康，勸她把八十歲的老公送入安養中心，讓專業人士來照顧，張姐又於心不忍，覺得結婚幾十年了，只希望能陪老公一起老。

林姐已七十五歲了，她老公臥病在床五年，幾乎花盡了她所有的積蓄，年初剛走。本以為可以鬆一口氣，但這陣子兒子又結束了婚姻，把兩個四、五年級的孫子交給她帶。

她每天要打理三餐，要照顧兩個好動孫子的生活起居，更糟的是她沒有能力教孫子的功課。看著孫子的功課沒有進步，她又很自責，會抱怨自己的無能。就在層層的壓力下，她身體頻出狀況，又是頭疼，又是牙疼。為了怕兒子擔心，她不敢說，只好勉強硬撐著。

每次看到這些年長的姐姐，礙於傳統文化與社會觀感，即使為家庭忙碌了一輩子，到了晚年還是要為家庭付出，那怕體力已無法負荷時，我會覺得很難過，然而這情形在台灣卻非常普遍。

我常常想，當不同的行業都在為自己爭福利時，有誰看見台灣年長女人的悲情？

高牆外的春天

最近這兩年，我的頭髮都是在小魚家整理的。我是經過鄰居林太太的介紹才會認識她的，她是林太太的親戚。據說她年少時曾經因誤入歧途、犯了刑案而服過刑。

入監服刑後面對與世隔絕的高牆，她才體會失去自由的可貴。每次父母來會面，看著父母憂傷的神情，她才知道自己傷父母的心有多深。為了要遠離高牆，為了要讓父母寬心，她決定要改過自新、重新做人。

或許失去自由讓她打擊很大，她除了後悔自己因無知和衝動，被討債公司利用，不擇手段去傷害了不少人外，還販毒給一些中輟生。每當想起自己曾經傷害過的人，她會羞愧得無地自容。

為了要彌補內心的不安，也為了重見天日，在服刑期間，她不斷地透過閱讀來沉澱自己暴躁的心。她覺得一個人的心能靜下來，看什麼都順眼、都歡喜，只要心情好，怨氣自然就消了。

為了要提早假釋，她努力地做好份內的事，也努力地學習獄裏為她們安排的就業課程。她知道唯有趁機學會一技之長，出了社會才有謀生的籌碼。自己能謀生才有能力去幫助他人。

由於她一直對美髮有興趣，她覺得能把別人打扮得美美的，不僅對方高興，自己看了也開心。就這樣，她決定把美髮學好。

雖然她在高牆內表現良好，但因她所犯的刑案罪刑不輕，所以還是花了九年的青春歲月，才換來牆外的自由。

回到自由的世界，她變得謙卑有禮，在住家附近的傳統市場邊租了一間小店面，開了一家美髮店。由於她親切、手藝好、收費便宜，很得一般婆婆媽媽的信任。每天一開店，就有客人在等著，讓她從早忙到晚。

或許她有一顆回饋的心，她除了認養一些兒童之外，每星期都會撥一天到不同的安養院或孤兒院去義剪，希望用自己的手藝，讓對方容光煥發、笑容燦爛。

她很珍惜得來不易的自由，希望在自由的世界裏，能盡所能地多幫助他人，好為自己贖罪。

107.1.16《聯合報》

他們能，我們爲什麼不能？

又再一次地在國際媒體中，看到媒體對參加世足賽的日本隊，在離開球員休息區時，把休息區整理乾淨，讓下一個進駐的隊伍，有個美好的空間可以休息的報導。這情形和上回台北世大運的情形一樣，當時他們也是把休息室打掃乾淨，順便把隔壁美國隊的屋外也掃一掃，這個舉動深獲好評。

從這些情形可看出，日本隊不管在哪個國家、參加什麼賽事，不管成績如何，都會把自己使用過的區域重新整理。我想這些和他們的民族性有關，當然這些好習慣都要從小開始學習。學久了就習慣成自然，不管在哪兒，就會自動自發去做，也因此得到讚美。

這件事讓我想起，幾年前的暑假，家裏來過兩個家庭寄宿了幾天，一個來自日本，一個來自台南。這兩個家庭都有兩個孩子，而且都是八、九歲，個兒也都不高。每天早上起床後，日本家的小兄妹，先向我深深一鞠躬，道聲：「歐嗨唷！」然後回房去整理臥室。他們同心協力用小手把薄被拉扯平整後，慢慢地摺疊，再放在枕頭上面，順便把床單的四周拉平，然後離開房間。

在洗手間裏，不僅把滴到水的地板或鏡台擦乾，還把使用過的馬桶蓋擦乾淨，讓下一個人放心使用。每次無意中看到那雙小手，滿臉喜悅地把一切恢復整齊，我都非常感動，總覺得他們的家庭教育做得非常成功。相信這樣的好習慣，將讓他們一輩子受用無窮。

反觀台灣父母，不是教孩子怎麼整理睡過的臥室，而是把孩子趕出房間，整理之事由媽媽一手包辦。我常想，當媽媽的不給孩子機會教育，孩子怎麼能從生活中學經驗、學成長？我們又怎麼能要求孩子凡事能自理得宜。

一場國際足球盛宴，有三十多支隊伍參加，雖然日本隊無緣踢上寶座，但是他們的好習慣，同樣是世人眼光聚集的焦點，同樣得到喝采，我想這也是另一種的勝利吧！

107.8.3《人間福報》

張叔

我一直覺得一個有情有義的人，是會受到尊敬的。

巷口七十多歲的陳伯伯前兩天過世，我們這些鄰居都過去幫忙摺些蓮花，並陪陪一夜之間少了老伴的陳伯母。一大早大家都忙著，忽然聽到院子裏的吵架聲，大家忍不住探頭往外看，原來是陳伯伯的三個已成家的兒子在打架。

看三個大男人在扭打，嚷著要分配陳伯伯遺留下來的四十萬元時，我們每個人的心都往下沉，不知該說什麼。

正當他們打得難分難解時，住在隔壁的張叔衝了進來，並往桌上用力一拍，哽噎地說：「你們受過高等教育，爸爸剛走，屍骨未寒，兄弟不知難過，還為了一點錢打了起來，你們慚不慚愧？要錢去我家拿，不要傷父母的心。」或許是張叔的話夠重，讓三兄弟放下拳頭。

張叔六十出頭，畢業於某知名大學，他退伍之後因失去一段戀情就自暴自棄，以賭場為家，從買茶水的小弟，變成組頭和賭場的負責人。由於做的都是違法之事，所以進出監獄成了他的日常，因為這樣，讓他的父母傷透了心；也因為這樣，身為獨子的他難得和父母相聚。

他四十歲那年，有一回為躲警察的追擊，還和警察在街頭對峙，結果他左腳被子彈打傷。他的父母從電視新聞中知道此事，就趕著要到醫院去看他。沒想到才剛出家門，他爸爸就被一位酒駕的自用車司機撞飛了。這一撞讓他爸爸走了，臨走前留下唯一的一句話，是要他媽媽轉告他：把賭戒了。

或許是爸爸的離開讓他深受打擊，他自認一路走來，帶給父母的都是無止盡的傷害與折磨，連最後讓爸爸送命的，也是身為兒子的他。對這點他很自責，懷著贖罪的心，痛定思痛地要改過自新，要好好地照顧媽媽。

就這樣，他失怙後每天早晚都會向爸爸的遺照上一柱香和一杯茶。他不僅遠離賭場，連菸、酒、檳榔都戒了，還四處打零工，整個人變得積極、溫和有禮。他的改變讓和他毗鄰而居、從事水電工作的陳伯伯非常感動，願意請他加入自己的工作行列。

由於他年輕力壯，加上肯學、願意吃苦，很快地就成了陳伯伯的得力助手。每天他們兩人一起上下工，有時工作緊要趕工，他也會自動加班，不需陳伯伯開口。或許是他們之間沒有主雇之分，所以相處融洽。

十多年來，張叔一直很感謝陳伯伯，他覺得陳伯伯是他的再生父母，信任他，還給他工作，讓他們母子能過日子。最近幾年陳伯伯年歲漸長，體力大不如前，貼心的張叔看在眼裏，都搶著做粗重的工作。陳伯伯過意不去，要加他薪水，都被張叔拒絕了，張叔認為自己的薪水足夠養家了。

或許是這麼多年來，張叔和陳伯伯已培養了情同父子的革命情感。前陣子陳伯伯住院，陳家兒子都說工作忙，無暇照顧，結果都是張叔在榻前送湯奉藥，陪陳伯伯走完人生最後一段路。

陳伯伯走了，他如喪父般悲痛，所以當他看到陳家兒子為了一點錢，就可以在靈堂前大打出手時，會氣得說不出話。

這些年來，張叔敬陳伯伯如父的情誼，一直被鄰居們傳為佳話，這也讓我想起「仗義半從屠狗輩，負心多是讀書人」這句話，相信以這句話來詮釋張叔對陳伯伯的情義，是最貼切不過了。

107.5.11《聯合報》

那雙貼心的手

每天傍晚到公園運動，都會看到五、六個移工，推著坐在輪椅上的阿公阿嬤，聚在涼亭內休息。長輩們有的打瞌睡，有的兩眼無神地看著前方，移工們就圍在石桌上聊聊天。

我每次經過涼亭都會放慢腳步，因為我從中看到一幅美麗的風景。一位略胖、留著披肩長髮、眼睛大、皮膚黝黑的印尼小姐，總會站在阿公的輪椅後面，耐心地幫一臉癡呆、不會說話、插著鼻胃管的阿公按摩。

她雖然嘴巴一直和其他移工說話，但兩隻手不曾停歇過。從頭頂慢慢地往下滑，到耳朵、脖子、肩膀。每一個動作都愛心滿滿、柔和流暢，沒有一絲的勉強，讓人感覺到那出自肺腑的貼心。

我不知道她是否受過專業按摩的訓練，總感覺她的動作力道拿捏得宜，對一個老人來說，是非常有益健康的復健方式。每次看到她要花三十分鐘替阿公按摩，而且毫無怨言，我就覺得真是難得。

我常想，這樣的耐心和毅力，或許是許多為人子女的都做不來的。但身為移工的她，卻做得這麼認真和用心，一點都不含糊，怎能不令人感動。

每次到公園運動，看到許多移工的用心良苦，不管蹲著幫阿嬤擦口水，或替阿公按摩，陪長輩們練習走路，講話給他們聽，我都會給予稱讚。

我要讓她們知道，她們的努力付出，是有被看到、有被肯定的。相信有了這些無形的鼓勵，她們會更具信心、更認真地工作，讓無助的老人得到更多的照顧和關懷。

107.11.15《人間福報》

老夫妻

這兩天因外子的胃出了狀況，我們到醫院急診，在急診室等檢查、等病房的兩個晚上，我無意中看到一幕令人感動的風景。

八十七歲、個兒矮小、戴著棒球帽、穿著銀邊藍色防水衣的阿伯，兩眼直盯著躺在床上、滿頭白髮、沒有任何反應、一直昏睡的八十六歲老婆。聽說他們結婚六十多年了，阿伯一直稱老婆為「阮查某人」。

年輕時，阿伯偶爾在外面風流一下或小賭一回，老婆總是苦口婆心地好言相勸，但阿伯卻常常在眾人面前毫不留情地怒罵，讓她難堪又傷心。在婚姻的路上，夫妻常為此吵吵鬧鬧，老婆卻無怨無悔地照顧家庭、養育孩子。如今，孩子們已各自成家，而老婆卻在六年前中風了。

阿伯看到幾十年來一直在家裏忙進忙出、偶爾念他兩句的查某人，忽然不會走路了、不會吃飯了、大小便不會自理了，甚至於話都不會說了，他才感受到事態的嚴重。聽說老婆倒下來那天，他一時亂了方寸，忽然放聲大哭。他不知道自己襪子放哪裏、洗衣機怎麼用，這時他才想到平時被他忽視的老婆，對他有多麼重要。

從那天以後，阿伯決定改變自己，希望用餘生來照顧這個「老查某」。他開始學習幫老婆擦身、換尿布、餵食、穿衣、洗頭……一開始他常因手足無措而發脾氣，但只要他一想到自己的過去，他就會耐著性子，和顏悅色地告訴老婆：「妳是阮查某人，我一定把妳打理得乾乾淨淨。」每一回老婆聽了，眼角就會流出淚來。

從那以後，阿伯真的每天陪在老婆身邊，噓寒問暖、用心照顧，把老婆照顧得好好的。這幾天大雨不斷，氣溫驟變，濕氣又重，老婆一時無法適應，發燒又不停嘔吐，只好送醫急救。

深夜十二點過後，阿伯的兒子來換班，讓他回家休息。臨行前他不斷地對兒子交代細節，就怕兒子疏忽了他的查某人。兩點時他又回到病床邊，我問他怎麼又回來了，他說怕兒子不知道怎麼照顧。我聽了，眼眶忽然溼潤了起來。

107.4.13《人間福報》

海盜

那天路過市政府廣場，看到好多不同品種的狗兒在聚會。牠們不管是大的、小的，或是黑的、白的，每一隻都超可愛的。儘管狗兒的模樣隻隻動人，但我還是特別鍾情「大麥町」。牠不管是白底黑點還是白底深咖啡點，不管是公的或母的，那副聰明俊俏的模樣，始終深深地吸引我。

所以會喜歡大麥町，應該是看了《一〇一忠狗》後留下的好印象吧！記得三年前暖暖的午後，我在屋後公園散步時，看見一位穿著白底黑點運動服、戴著黑色墨鏡的高眺年輕人，在陪著身邊同樣白底黑點、右眼有黑眼圈的公的大麥町玩耍。

他只要給出一個口令，不管把手上的皮球丟得多遠，或拋得多高，大麥町都能在很短的時間咬回來。那動作之快，反應之敏捷，令在場的我歎為觀止。忍不住在他們休息時，問主人牠叫什麼名字。結果主人邊回答：「牠叫海盜！」還邊捏著牠的脖子。

聽到牠叫海盜，我有點錯愕。牠明明英姿煥發、帥氣十足，再怎麼也和趁火打劫的海盜難以連結。或許他看出我的質疑，連忙摘下眼鏡，笑著指著自己的右眼說：「我從小右眼底下就有一塊黑色的胎記，同學都叫我海盜。所以數年前，在一個颱風夜裏，我在一株路樹底下發現因受傷奄奄一息的牠，牠同樣有個右邊黑圓圈，我決定幫牠取名海盜。」

當時的他原本想的是，把海盜的傷養好後，就讓牠恢復自由之身，因為他自認待業中的自己沒有能力把海盜照顧好，所以希望海盜能遇上比自己更適合照顧牠的主人。偏偏他認識的朋友中，找不到願意領養牠的人。

就這樣，海盜住進了他家，成了他的朋友，原本很自閉的他，為了陪海盜散步，每天必須走出家門，也因此認識了很多愛狗的朋友。多了朋友，人際關係好了，讓他的工作有了著落，這一點他認為是海盜帶來的好運。

在一個偶然的機會裏，他帶著海盜去參加狗狗的大聚會，無意中認識了一位來自台中，也是牽著一隻有黑眼圈的大麥町的陳小姐。由於兩隻狗一模一樣，聊起來才發現，那隻也是流浪狗，她撿來的。

原來當《一〇一忠狗》播出後，曾經引起一陣養大麥町的風潮，然而養狗不是一時興趣就好，它需要長期耐心和愛心的堅持。偏偏很多狗主人在風潮過後，愛心全失，於是當時有很多被棄養的大麥町，被迫流浪街頭。他們兩個人很確定自己身邊的狗，就是風潮下的犧牲品，才會形如雙胞胎。

他自從有了海盜之後，因海盜的貼心、聰明和活潑，不僅讓他心情變得開朗，也事事順利。所以當第一隻海盜老去後，他又透過網路之便，領養了第二隻。現在身邊的是第三隻，牠和前面兩隻同樣右眼有黑眼圈。

他覺得領養同樣長相的大麥町，除了他和牠們同樣有黑眼圈之外，也是要紀念第一次和海盜的巧遇。他很感謝海盜們陪他度過沮喪的日子，讓他遇挫折時，有勇氣克服。

聽他滿臉喜悅地說著這些年來和狗兒的相遇和相處，以及狗兒帶給他的貼心和種種快樂故事，我真的好感動。

生。

但願所有的流浪狗都能這麼幸運，遇上充滿愛心的主人，幸福地過一生。

107.6.24《聯合報》

幸福在這裏

「幸福在這裏」是一首耳熟能詳的老歌，由於歌詞溫馨易記，旋律優美好聽，所以傳唱了數十年，大家還是愛唱。相信大部分的人聽到這首歌，會是在喜慶宴會裏，而我卻是在一場告別式上，聽到當丈夫的唱這首歌，送愛妻一程。

方哥和方嫂經常和我們一起去爬山，認識他們十幾年來，除了知道方哥對方嫂貼心外，也知道方嫂最愛聽方哥唱歌。不管是方哥對著她唱，或是對著大夥兒唱，只要方哥開口，在一旁的方嫂一定閉著眼打拍子。

一個多月前，方嫂開始有點發燒，一開始認為是感冒，沒有很在意，就在小診所拿藥吃，但幾天過後病情並未好轉，只好到大醫院求診，發現是病毒感染。這一去就沒有再回家。

方哥無法接受好好的一個人，在一個月裏就在他眼前，如一朵鮮花般，從盛開、憔悴到凋謝。他沒想到生命會是如此的脆弱，原本活力十足的方嫂，躺上病床後，生命就這樣一點一滴地消失。一場病來得快，去得更快，快到他措手不及、心痛如割。

為了要好好地感謝愛妻四十年來的相互扶持、患難與共，他勉強地打起精神張羅後事，更希望給她有個不一樣的告別方式，讓愛妻好走，讓她開心地去迎接另外一個新的世界。

由於方嫂還年輕，上有長輩，所以告別式很低調，只有幾位至親好友參加。那天早上天氣陰霾微冷，場內以方嫂最喜歡的茉莉花布置，淡雅幽靜。

當主持人請方哥說話時，他除了感謝親友的關心外，也感謝方嫂這輩子為他帶來的歡樂。當音樂響起，方哥唱著：妳的幸福在這裏／因為這裏有我／從此不再尋萬里／今不得不分離……

他把對妻子的不捨和深情，改變成歌詞，然後靜靜地唱著，讓在場的親友聽得淚眼婆娑。他強忍著悲痛，勇敢堅強地唱出對妻子濃濃的愛，為的是要讓妻子帶著他的愛與祝福，放心地離開。

雖然參加過很多告別式，但這是我第一次看到為人丈夫的，用這樣特殊的方式與妻告別，我感動也心疼，希望他早日走出傷痛。

就為堅持

以前家裏訂《民生報》時，孩子的作品常被刊在「兒童版」。每次看到他們高興的樣子，我也躍躍欲試，希望自己的作品有一天也能被刊登出來。

為了實現夢想，我利用工作之餘勤寫稿紙，寫錯了就重寫。有時因為太投入，會忘了按電鍋，影響用餐時間。有一回另一半不經意地說：「妳沒念幾本書，妳寫的文章會被採用嗎？」他的話讓我愣了一下後，我告訴自己，無論如何一定要堅持，要給自己一個機會試試。

就這樣，在不影響工作下，我不斷地努力寫稿，並積極地投給不同的報刊和雜誌。如有稿子被退回時，我從不氣餒，盡力將它修改潤飾後改投他報，以退為進，讓它重燃新的生命，從敗中復活。當網路時代來臨，我更到社區大學進修電腦，讓筆戰可以繼續。

回首來時路，雖然跌跌撞撞，但我不放棄，因有堅強的毅力，不僅成就了九本散文集，也寫入客家文學家名人堂。雖然不是什麼大贏家，但我也沒有輸，一直都在路上繼續向前行。

107.7.22《聯合報》應徵「爲此而戰」

歐都蔻與安娜

今年是狗年，很多的廣告都和狗有關，連選舉的看板也不例外。每次看到不同狗兒的俏模樣，我就會想起「歐都蔻」和「安娜」這對毛寶貝相處互動的趣味模樣。

牠們都是我以前鄰居養的寵物。歐都蔻是公的純土狗，兩歲的牠已有二十公斤重，發亮的毛是黃褐中摻著黑條紋，這樣的斑馬樣彩在土狗中很少見。牠靈活矯健，快跑時前腳後腳跨越的幅度會呈半月形，那雄姿非常的優美。

牠的主人叫男子漢，身材高大，兩隻胳臂上刺著日本富士山。聽說他有半個日本血統，童年時曾經在日本住了十年。或許是曾經住過日本，所以回台後在許多的生活點滴中，都可嗅出濃濃的日本味。例如：他取名男子漢，代表日本的大男人主義；把愛犬取名歐都蔻（是日語的男性的稱呼）；平常喜歡穿印著日本圖騰的運動衫；夏天時還在頭上綁著毛巾。

他每次出門都帶著歐都蔻，牠坐在他的副駕駛座。只要回來車子停好，歐都蔻就會把脖子伸向窗外，向對門的安娜（是日語的女性稱呼）連吠兩聲，表示打聲招呼。

安娜的主人是位名模，高䠷甜美，喜歡牽著安娜散步。牠只要聽到吠聲，就會回吠兩聲，然後衝到男子漢的車前，迎接歐都蔻下車。安娜是約一歲的貴賓，有五公斤重，又圓又大的眼眸裏，藏著孩子般的稚氣，滿身的捲毛像極了某知名品牌的肉鬆。牠身上的顏色接近淺粉，不像一般貴賓的咖啡黃，所以看起來特別貴氣討喜。

更值得一提的是，牠尾巴的末端留了一大撮蓬鬆的毛，走起路來一晃一晃的，神似一顆活動的彩球，脖子上掛著一串紫紅色項鍊，項鍊上還有一顆響亮的鈴鐺，走路時會發出悅耳的鈴聲，眉心上紮了一個小小的沖天辮。

當歐都蔻跳下車後，牠們先用脖子磨蹭一下，然後非常有默契地雙雙回到安娜的家。每次歐都蔻跟著去安娜家時，男子漢就會說：「你們看看，我家那隻又跟查某跑了。」逗得大家笑哈哈。

男子漢把車停好後，會喊一聲：「歐都蔻！」此時歐都蔻會吠一聲，表示聽到了，然後飛快地奔回家，只要牠回來，後面就跟著安娜。牠們一到家，就分別站在門口的左右兩邊。

若站久了，牠們互瞄一下後，會聚在一起，然後趴在陰涼的屋簷下休息；有時也會側睡或相擁而眠，那睡姿像老情人般的自然和甜蜜。

有時歐都蔻先睡醒，會把臉湊過去，用舌頭舔一下安娜的上唇。當安娜微微地張開眼後，會伸開前腳往臉上抹一下，然後坐起身子看著對方，接著雙雙起身四處走走。通常安娜走在前面，歐都蔻在後面護駕。偶爾遇上同類的狗向安娜挑釁，歐都蔻一定衝上前去，繞在對方身邊吠個不停，歐都蔻那銳利的眼神和霸氣的動作，真是把英雄救美的氣勢發揮到極致。此時安娜有歐都蔻在身邊，也會加入戰局，牠不像歐都蔻一定要吠到對方悻然離去才肯罷休，牠只是吠兩聲就會回頭跑，那種又怕又愛的動作，會讓人忍不住地會心一笑。

每次這樣的戲上演時，男子漢又會說：「這樣才有歐都蔻的氣概！真讚。」每當他此話一出，在場的人都哄堂大笑。

歐都蔻和安娜每次相見，就這樣形影不離，安娜的嬌氣和對歐都蔻的依賴，讓歐都蔻顯得更豪情萬丈。雖然牠們沒有言語，卻透過不同的動作和眼神來表達心意，讓彼此的互動配合得天衣無縫。

牠們就像兩小無猜的青梅竹馬，只要見面就無拘無束地享受著屬於牠們的歡樂時光，不僅自己快樂無比，也讓身邊的人分享那份生動有趣的畫面。

107.9《景有之聲》